Scum Index
孤泣作品
LWOAVIE RAY

Scum Index

Contents

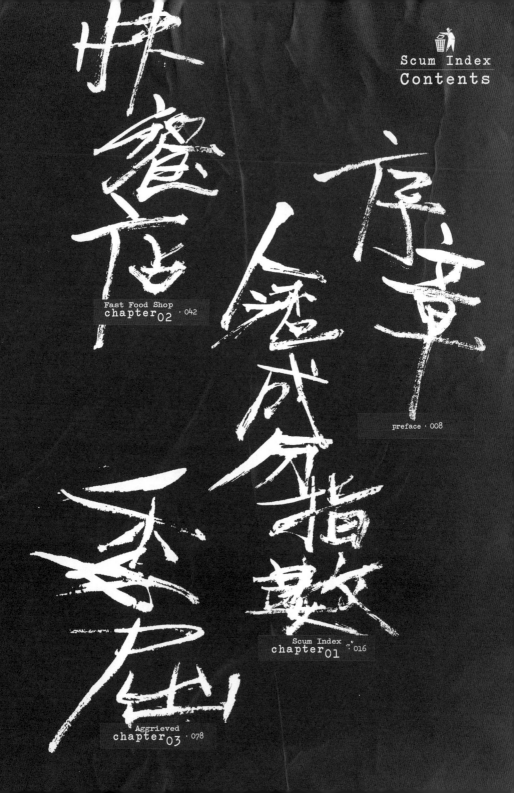

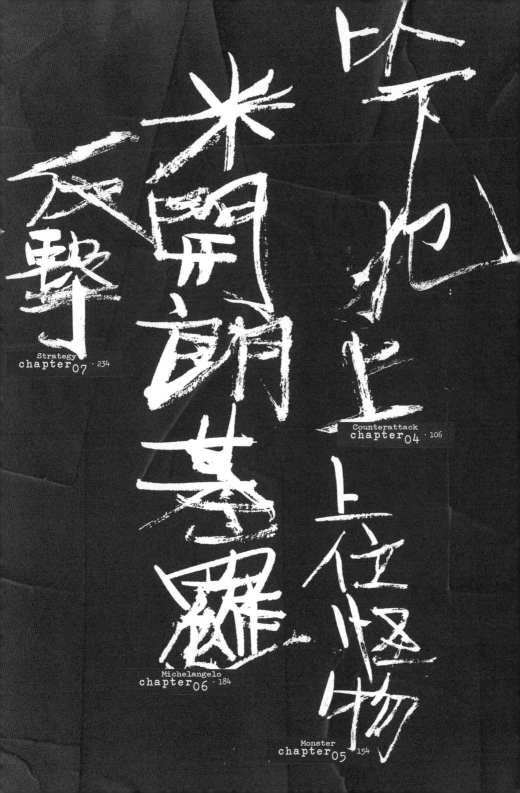

序章

「在香港，你身邊每十四個人之中，就有一個……人渣。」

以一輛十二點八米雙層巴士計算，上層座位六十三、下層座位連企位八十三，載客量最多可達一百四十六人，即是如果一輛巴士滿座，就有十個「人渣」。

所以你不時會見到那些把腳放在座位上大聲說話、亂拋垃圾、偷拍裙底、非禮少女，甚至把針插入座位上的乘客。

我們生活的社會中，充滿了「人渣」。

為什麼我會這麼清楚？

全都是我二十多年來的統計。

我能夠看到一個人的人渣程度，我稱之為……

「人渣成分指數（Scum Index）」。

不要問我與生俱來的能力是如何得到的。

簡單來說，就是我可以在別人身上任何部位看到一個「數字」，就如某些電影與漫畫中出現「看到別人壽命」一樣。

當然，我用了二十多年去分析這些數字，才會得出「數字是代表人渣程度」的說法。之後，我會跟大家解釋「人渣成分」的構成。

「人渣成分指數」我劃分為零至一百分，愈高分愈人渣。不過，我也不知道一百分是不是最高分，因為我暫時見過「不認識的人」之中，最高分的是八十九分，是我在幾年前見過的。

在我多年的統計中，人渣成分指數超過七十分的人就是「人渣」。每個人的人渣指數都會改變，可能一星期前與一星期後都會有所不同，完全根據那個人的行為、做過的事、心中的想法等等而改變，沒有例外。

我不能從電視上看到別人的人渣成分指數，也不能在社交網頁中看到，我一定要親身看到那個人才能在他身上看到數字。

而我的統計之中，會分成「認識的人」與「不認識的人」，兩個不同的組別。

最近，我經常見到「某個人」被咒罵，只要有「她」的出現，就會有很多粗口與惡毒的留言，我在想，這個人有這麼討厭嗎？所以，我決定了親自去看一看「她」的人渣指數。

那天，升旗禮的早上。

我混入一群大媽之中，她們都非常高興，臉上都掛滿了笑容，還拿著支持「某某人」的橫額與旗幟，她們每個人的分數都至少有六十分以上。

在大媽群中，我有點格格不入，不過也罷，根本沒有人注意到我。

突然，有個六十八分的大叔走向我，我以為我觀察的身分被他拆穿！

他跟我說：「啊，年輕人你也來嗎？」

我擠出了笑容：「對，哈哈，我也來！」

他在我的耳邊說：「完事後記得去拿錢，這次每人都有兩百元！」

「拿錢？」我不明白他的意思，不過也笑著回答：「哈哈！沒問題！」

「別忘記叫得大聲一點，明白嗎？」大叔說。

「明白！完全明白！」

我再想了一想，大概知道發生什麼事，怪不得那群大媽這麼開心，因為有錢收吧！貪婪讓他們的指數更高！

這裡有很多接近「人渣」的大媽！

不久，戲肉終於來了，那班官員開始出場。

「不會吧……」我的雙眼發光。

八十一……八十四……八十六……八十八……

媽的！我以為自己像《龍珠》的比達一樣，用戰鬥力探測器看到戰鬥力不斷升高！

去你的！全部官員都有八十分以上！

痴線，全部的「人渣成分指數」都爆錶！

全部都是人渣！

就在此時……

主角終於出場……

女主角終於出場！

「什……什麼？！」我瞪大了眼睛看著她額角上的分數。

「九……九十三分？！」

「九十三分！」

我從來沒見過一個人的人渣成分高達九字頭！上一任最高才八十九分！

她的人渣成分指數超越前人，有九十三分！

人渣之中的「渣滓」！

我高興得不得了！就好像打破了奧運世界紀錄一樣！我立即拿出手機，在我的「人渣成分指數榜」上，寫上她的名字！

「嘩！YEAH！太強了！YEAH！」

我開心到跟著那群大媽一起手舞足蹈，快要一起跳起舞來！

一個人要有多賤格、多無恥、多沒良心、多沒道德，才會有這個分數？

太強了！你媽的太強了！

我終於找到一個……

人扮的「畜生」！

不知道未來的日子，我身邊會不會出現一個更高分的「人渣」呢？

我看著藍藍的天空……期待著。

啊？對，忘了自我介紹，我的名字叫……

鍾入矢！

請多多指教！

……

……

……

孤泣人性小說系列《人渣》，正式開始。

帶你進入……「人渣的世界」。

《當你快要死去，痛苦地呼叫，他們就開始愛你了。》

Chapter one

Scum Index

人渣指數

人渣成分指數

Chapter one

Scum Index 01

晚上，一個小型商場內。

「停留二手漫畫店」。

我正收拾好門外擺放的漫畫，準備收工走人。

「入矢！」一個男人聲叫著我。

我回頭看，是我的好友溫濤鴻，我們是在漫畫店認識的，他是我的長期顧客，因為濤鴻也是日本漫畫迷，所以我們一拍即合，成為了我最好的朋友。他已婚，有一個四歲的女兒。

「等等我吧，我收拾好就出發。」我說。

這個看似無腦的中年大叔，在一間連鎖快餐店工作，一做就做了七年，不過，不求上進的他，不懂博取表現，做了七年還沒有升職。

而我選擇朋友，都會依「人渣成分指數」而定，溫濤鴻他的分數只有三十二分，絕對不是什麼人渣，甚至是一個會被人欺負的笨蛋。

在我的研究之中，發現大部分的低下階層人渣指數都是偏低的，而高薪厚職的人都比較多人渣存在，人渣指數超過七十分的比比皆是。

「我等你！對，差點忘記了，我要換書！」濤鴻在背包中拿出一本漫畫：「這本漫畫被撕去了幾頁，我想換一本！」

他手上的是《幽遊白書》第十卷，由漫畫中四大主角幽助、桑原、藏馬和飛影做封面。《幽遊白書》是在一九九零年到一九九四年於《週刊少年Jump》連載，單行本由集英社出版，一共十九冊。

當年這套漫畫風靡一時，跟《龍珠》、《美少女戰士》、《男兒當入樽》等等漫畫齊名，我那時候年齡還很細，根本沒錢買來看。

我揭開書頁，有兩三頁被撕了下來：「我換給你吧，不過暫時沒有貨，要等我找二手書回來。」

「要等多久？別要像『富奸』連載一樣，一直拖我！」濤鴻說：「我家書櫃中十九冊《幽遊白書》就差這一本！」

「應該不會像富奸拖這麼久，一兩個星期吧，我幫你找找就是了。」我說。

「冨奸」，就是《幽遊白書》的原作者冨樫義博，我們都習慣叫他做「冨奸」，因為他經常拖延連載漫畫，他的《Hunter x Hunter》已經拖到我也忘記了故事劇情，《鬼滅之刃》都連載完結了，《Hunter x Hunter》都還未出新一集，角色都還在船上，故事還在暗黑大陸篇。

「快來幫手吧，還在看什麼？」我搬起了一個紙皮箱。

「沒問題！我幫你收拾！」

我們兩個大男人，把擺放在店外的漫畫書都收拾好，停留二手漫畫店正式打烊。

「去哪裡吃？」我問。

「附近有間便宜的意大利餐廳，我已經約了高美子，她應該已經到了！」濤鴻說。

「什麼？為什麼要約她？」我有點好奇。

「我跟她說了你的『能力』！她非常有興趣，她說你好像《死亡筆記》一樣，還問我你會不會有一隻『流克』在你身後跟著你！」濤鴻高興地說。

高美子是濤鴻的老友，我也經常見到她，她是比較少有的女性漫畫迷，我記得她幫我買過一套《夏目友人帳》。

她的「人渣成分指數」好像有40多吧，忘了，總之也不是什麼壞人，就是經常問長問短吧。

我大都會選擇五十分以下的人做朋友，至少，他們的機心比較少，當然，我也有不少人渣朋友，別忘記，身邊每十四個人之中，就有一個……「人渣」，遇上人渣朋友也是很正常的事。

「走吧，還等什麼，我肚子很餓！呵～」

我打了一個呵欠。

*《幽遊白書》，富樫義博作品，一九九零年至一九九四年，全十九卷。

*《龍珠》，鳥山明作品，一九八四年至一九九五年，全四十二卷，後續漫畫故事有《龍珠超》，豐太郎作畫。

*《美少女戰士》，武內直子作品，一九九二年至1997七年，全十八卷。

*《男兒當入樽》，井上雄彥作品，一九九零年至一九九六年，全三十一卷。

*《Hunter x Hunter》，富樫義博作品，一九九八年至今。

*《鬼滅之刃》，吾峠呼世晴作品，二零一六年至二零二零年，全二十三卷。

*《死亡筆記》，大場鶇作品，小畑健作畫，二零零三年至二零零六年，全十二卷。

*《夏目友人帳》，綠川幸作品，二零零三年至今。

瑪莉亞意大利餐廳。

「我有幾多分？幾多分？！我很想知道！」高美子追問著我。

她是一個戴上圓圓眼鏡的女生，二十來歲，穿著典型的宅女服飾。

「四十四。」我吃著意大利粉。

「你說超過七十分就是人渣，看來我也很善良，嘻嘻！」她高興地說。

「我看到的是人渣指數，不代表妳就是善良，好不？」我奸笑：「不過，也可以說是『蠢』的指數，嘿。」

「蠢？這是什麼意思？」高美子問。

「三十二！四十四！三十二！四十四！」我輪流指著他們：「簡單來說就是智、商、低！」

「你說我嗎？」吃到滿嘴也是的濤鴻說。

在這個香港社會生活，人渣成分指數偏低的，都是被欺負的一群人。

很有趣吧？

「不是人渣反而是活得艱苦」。

我小時候不明白，慢慢長大後，我終於知道，在學校學到的什麼不要有私心、對人要寬宏大量、做人要正正當當都是……廢話。

人善人欺天不欺？別傻了好不？「天」才不會理你，欺負你的人只會繼續欺負你，「天」有做過什麼？

有人打你的右臉，左臉都給人打？對對對，如果你是聖人可以這樣做的，不過，如果你是一個普通市民，跟打你的人說「再打左面吧」，他們不是只會打你左邊臉，而是圍毆你！

「入矢，人渣成分指數中的『成分』是什麼？」高美子愈來愈感興趣。

「就是一個人所做的事。」我解釋。

經我多年來的觀念，成為人渣的「成分」最主要都是「人渣所做的事」。

簡單來說比較嚴重的，比如虐待小孩、虐殺動物、殺人犯、強姦犯等等都很大機會超過七十分人渣分數。

不過，在我遇過的高分「人渣」中，往往比這些殺人犯強姦犯更可怕，因為他們的「思想」就連禽獸也不如，卻會扮成一個正人君子。

還有，我曾看過一本叫《APPER人性遊戲》的小說，當中提及的「人性」，指人的基本屬性，比如「自私、醜惡、妒忌、貪婪、兇殘、猜疑、爭鬥、排擠、欺騙、淫慾、狡詐、卑鄙、憎恨、無恥、自負、虛偽、變態、偽善」等等醜陋的人性，這些都會影響一個人的「人渣成分指數」。

「你說的是不是就是『反社會人格』？」高美子問。

反社會人格障礙（Antisocial personality disorder，ASPD）是一種人格障礙，大多患者都會長期無視與侵犯別人權利，而且道德意識或良心缺乏，是心理學中公認為最難治療的心理障礙。不過……

「我覺得更加嚴重的是，反社會人格是都是『缺乏』道德，不過，我所看到的高分人渣，不只是『缺乏』，而是毫無人性與羞恥之心，最可怕是，他們完全不覺得自己是在做壞事，而且會在社會上『扮演』有文化、有良知的人。」

「原來如此，我好像沒遇上這樣的人。」濤鴻說。

我暗笑，不是濤鴻沒有遇上過，而是他根本沒有去想又或是……一直被欺騙。

「我沒法從電視或電腦中看到別人的人渣分數，鏡子也不可以，我一定要直接見到那個人，分數才會出現於他的身上。」我補充。

「這樣說……」高美子想到了一個問題：「你不知道自己的分數？」

「沒錯。」

或者，我也是其中一個人渣中的「人渣」。

*《APPER人性遊戲》詳情請欣賞孤泣另一小說作品《APPER人性遊戲》系列。

我看著那個六十四分的侍應放下了一碟黑椒雞翼。

「我暫時說的『成分』都只是簡單地敘述，還有更多的情況，比如兩個人分手，原因是出現第三者、偷食等等，然後讓另一個人痛苦，指數都會上升。」我說。

「分數會不斷變化？」她問。

「對，大致上每月每星期每天都有變化，就像剛才說，我只看到『人渣』分數，而不是看到『善良』分數，所以，我不能肯定指數為什麼會下降，還有，在指數的『成分』之中，還有不少的『灰色地帶』。」我說。

「什麼灰色地帶？」濤鴻問。

「打個比喻，一個犯法出售未註冊藥物的藥販，本來那些藥需要數萬元的價格，但藥犯卻只用幾百元賣給需要藥物的病人。他的確是『犯法』，不過藥販的人渣指數不會上升，反而會下降。」我解釋。

「因為藥販在拯救其他人！」高美子說。

「沒錯。相反，如果一個醫生拯救過很多人，但他在家禁錮一個未成年的少女，還對她施暴與侵犯，這個醫生的人渣指數會超過七十分以上。」我說：「所以我才說有很多『灰色地帶』。」

害死了很多人後得到財富，然後又去幫助其他人，不一定就是「好人」，分數也不會回到人渣以下，所以我才說，我看到的是「人渣指數」而不是「善良指數」。

「愈聽愈複雜！」濤鴻說。

「還有一點，如果要詳細說明，其實我看不到四歲以下兒童的分數。」我說：「以我的估計，我覺得是因為『分數還在計算中』，所以沒法看到。」

「我覺得兒童都是善良的！」高美子說。

我沒有回答她，因為我不能「完全」認同她的說法。

「這樣吧，我給你們看看我曾調查過的公眾人物分數。」我拿出了手機打開Instagram：「當然，我不是在相片中看到他們的分數，而是曾走去接近他們。」

他們一邊看著我的手機，我一邊說出分數。

「不會吧？他形象不是很好的嗎？我小時間經常看他的電影！」

「這個不是公認的女神嗎？她不是經常參加慈善活動嗎？怎會這麼高分？」

他們完全不相信我說出的分數。

沒錯，大眾都會被這些「人渣」欺騙，同時，其實我們也選擇願意被他們「欺騙」。

「仆街」是從外表看不出來的。

「入矢你真好！可以看到這些數字！」高美子說。

「有什麼好？他又不是看到六合彩數字！」濤鴻喝著咖啡說：「如果可以看到三圍數字也很好！」

「變態！」高美子用雙手遮擋著胸前。

「白痴鴻，你錯了。」我笑說：「人渣指數對我來說很有用呢。」

「有什麼用？」

「至少我不會找到一些會害我的朋友。」我指著他們說。

「你好像是在讚我吧？」濤鴻笑說。

當然，也讓我找到一些可以「利用」的朋友。

「還有，我也不會肚子痛。」我說。

「什麼意思？」

我指著另一個侍應：「剛才你的咖啡是他送過來的，他有七十一分！或者他已經在你的咖啡中吐了口水也不定，嘰嘰，當我知道了分數，就不喝你手上的咖啡了。」

濤鴻瞪大眼看著手上的咖啡杯，然後慢慢放了下來。

「哈哈，我還是不喝了！」他尷尬地笑說。

「我騙你的！哈哈哈！」我大笑起來。

「只是騙我嗎？入矢你正人渣！」濤鴻帶點憤怒。

「哈哈！謝謝讚賞！」我高興地說。

「入矢，你會跟其他人說出你的能力嗎？」美子問：「怕不怕會被人捉你去做實驗？」

「誰會相信我？只有傻的人才會相信我呢。」我樣子得意地說：「你們沒有想過，我跟你們說的內容，其實我一直在……欺騙你們！根本我就看不到人渣的分數！」

美子托了一托圓圓的眼鏡。

沒錯，從小我已經跟其他人說出了我可以看到別人身體上的數字，不過，包括了我的父母都覺得我可能精神有問題，差點就帶我去看心理醫生。

從此以後，我只會跟我相信的人說出我的「能力」，同時，努力去分析、了解、解讀我所看到的「數字」，而且我愈來愈喜歡自己的「能力」。

突然，我想起了*《異變者》這套漫畫，男主角能夠看到街上人類變成妖怪的樣子。

有「能力」，才可以成為……

故事的主角。

我很喜歡自己可以看到「人渣」的能力。

*《異變者》，山本英夫作品，二零零三年至二零一一年，全十五卷。

晚飯後，我駕車先送高美子回家，再送濤鴻回家。

終於有兩個男人對話的時間。

「我老婆說找天跟你一起吃飯，然後介紹個女生給你。」濤鴻說。

「我還是等你的女兒長大後再想吧。」我笑說。

「你想也不要想！」濤鴻拍拍我的頭。

他當然知道我在說笑。

「濤鴻，剛才美子在我沒有問你。」我在紅燈前停下：「你還要繼續在快餐店工作嗎？都七年了，又沒升職機會。」

「我今年四十六歲了，還可以找到什麼工作？如果像你一樣才快三十歲，我可能會想想轉工，現在？不了。」濤鴻帶點唏噓地說：「而且家中還有兩個女人要我養，我只好繼續做下去。」

「但你快餐店的經理……我不是跟你說過嗎？他的人渣成分指數有七十二分。」我說。

「我知道……不是因為他，我已經一早升職了。」濤鴻嘆了口氣：「但我怕得罪他，連工也沒有，到時我還有什麼選擇？讀書不成，我還可以做什麼工作？」

這叫中年危機嗎？一個男人來這個年紀，大概已經決定了未來的人生，世界已經不再屬於他們。可能會有人說「轉變在幾多歲也未算遲！」、「還有很多機會，別要放棄你的人生！」

白痴，這只是銀行廣告而已，他們只想你把畢生的積蓄存入他們銀行戶口，你真的相信「未算遲」這三個字？

浪費了的人生就是浪費了，怎追也追不回來。一個四十多歲的男人，不能沒有了賴以維生的工作，所以，濤鴻還是要對著比自己年紀輕的人卑躬屈膝，還是要對著比他遲入職但職位比他更高的人說一句：「恭喜你升職！」

濤鴻想這樣的嗎？當然不想，不過，這也是唯一生存下去的方法。

我明白濤鴻的心情。

「總之，你要錢的話，我還有一點積蓄。」我將軚盤轉向左面。

「別說這些好嗎？你買玩具給我寶貝女，我已經很高興了！」濤鴻說：「沒事的，在心中。」

人愈大真心的朋友愈來愈少，我的朋友不多，濤鴻就是其中一個。

「入矢，我想問你一件事。」

「說吧。」

「假設，只是假設，我為了我女兒去殺人，我會不會變成人渣？」濤鴻問。

「很好的問題。」我看著他：「就算你殺了我，你也不會變成人渣。」

我們互望了一眼，笑了。

真正的答案呢？

暫時來說，我見過一個人的指數變化落差最多是二十分左右，如果要一個三十二分的人直接上到七十分的人渣分數，基本上是不可能的。

這也證明了，人渣指數不是「做了一次錯誤的事」就會瘋狂上升，正確來說，一個人由出生開始，已經計算分數，如果一直做著壞事，人渣指數就會一直上升。

我不知道有沒有一個「善良成分指數」，做善事會不會善良值上升，又或是人渣值下降，我只知道人渣成分指數是……

「累積」的。

如果你問我，人是性本善，還是性本惡？

我沒法看到四歲以下孩子的分數，不過，我可以回答你，每個人對「善惡」的定義都不同，就如我把七十分以上定義為人渣一樣，如果還有其他人看到指數，可能會將標準定在六十分，也可能會將八十分才定作是人渣，所以，人性本善還是惡根本沒有一個正確答案。

人是性本善？還是性本惡？

Who Case?

最重要是**「我們怎樣去定義善與惡」**。

「媽的，這麼多紅綠燈位的。」我又在紅燈前停下。

此時，我看到一群人在馬路上跑過。

「這麼夜還跑步？看來我們也要學學他們，減減肥。」濤鴻笑說。

「哈，我平時有做運動的。」我說。

綠燈亮起，我準備開車，就在此時……

「等等……」我沒有開車。

「發生什麼事？」濤鴻問。

「怎會這樣……是我眼花嗎？」我呆了一樣看著前方。

「咻！咻咻！咻咻咻！」

我身後的車在響安。

「不會的！」我解開安全帶走下車。

「入矢！你瘋了嗎？」濤鴻大叫：「你下車幹嘛？！」

我被他叫醒，本來我想追上去。

是我……看錯了嗎？

剛才發生了什麼事？

剛才……在那群跑步的人群中，我看到一個女生。

在這個女生的身上……

我看不到數字！

我人生中，第一次看不到別人身上的數字！

把濤鴻送回家之後，我回到自己的家。

家裡全是漫畫書，因為停留二手漫畫店的店面有限，我只能把部分二手漫畫放在家中，當是第二個貨倉。

我坐在沙發上，沙發放著一本叫＊《棋魂》的漫畫，故事敘述有一個對圍棋一竅不通的學生，遇上了古代棋手本因坊秀策的靈魂，然後開始了整個故事，最有趣是，就算不懂下圍棋，也會覺得非常緊張好看，是我十大喜愛的漫畫之一。

我曾經想過，會不會有一隻像本因坊秀策的鬼魂出現，然後跟我一起討論「人渣成分指數」呢？還是像＊《JoJo的奇妙冒險》一樣，會有一隻「替身」出現在我背後，幫助我打敗所有的人渣？

可惜，這麼多年了，那個靈魂、那個替身，從來也沒有出現過。

「是我看錯了嗎？」我在回憶起剛才那個女生。

說明一下我看到人類身上的「數字」。

數字是3D立體，會出現於人身上任何的地方，有些在胸前、有些在手上，有些甚至在臉上，如果數字出現某人的背面而我卻在他的正面，數字也會以半透明呈現。而數字的字體千變萬化，我已經分不到有幾多種，正確來說，我已經懶得去分類，而數字的大小也有不同，最小的也有大約手掌的大小，而最大的可以是整個人大。

總之，每天我都在每個人身上看到「數字」，除非很遠，又或是被其他東西擋著，不然我一定可以在一個人身上看到人渣指數。

但剛才，我在那個女生的身上完全看不到「數字」，這是我有生以來第一次。是我太累所以沒看到？還是有其他的原因？

我打開手機內的筆記本，寫下了剛才發生的事，我總會寫下一些有關數字特別的事，比如我曾看過會動的數字，甚至有牙齒的數字，還有最大的升幅與跌幅，甚至我到過殯儀館，看著屍身還出現數字等等奇怪事件。

在筆記內容的尾頁，還有一個「人渣成分指數排行榜」，將認識的人與不認識的人，分別從最高分排名至最低分。

在不認識的人之中，我暫時看過最高分是九十三分，這個女官員真的他媽的強。而在我認識的人之中，最高分一位暫時是八十二分，最低分則是二十六分，她是一位修女，我小時間因為經常被人說有心理問題，修女一直也幫助我，而且也是因為她，我才開始發現……

「愈低分的都是好人，愈高分的都是人渣」。

別要以為所有相信宗教的人都是低分數，其實，那個八十二分的人，也是在教會中認識，我也說過了，別被外在欺騙，這個社會充斥著太多你意想不到的「人渣」。

本來，我還以後我的人生，就是在這些「數字」中渡過，寫寫筆記、排列排行榜、賣二手漫畫為生，做一個「平凡特殊」的普通市民，沒想到……

三個月後，「某事件」改變了我的人生。

我成為了像每一本漫畫書中的主人翁……

每一個漫畫故事中的主角！

……

…

·

三個月後。

那天，我拿著《幽遊白書》的第十卷來到濤鴻住的屋邨，我終於幫他找到了沒有缺頁的第十卷二手漫畫，我還拿了一套《冰雪奇緣》的繪本，打算送給濤鴻四歲的女兒。

「他們看到一定很開心，嘿。」

我就是想給他一個驚喜，我想起了他們兩父女收到漫畫後，高興得要跳起的表情，我不禁微笑。

泊車後，正當我走向濤鴻所住的大廈之時，大廈外停泊了數輛警車與救護車，一閃一閃的警號燈總是給人一種不安的感覺。

「先生，對不起，大廈不能進入。」大廈看更說。

「發生了什麼事？」

「真陰公，一家三口就這樣燒炭自殺死去。」在旁的一個街坊說：「小朋友才幾歲，真的太可惜了。」

一家……三口？

我心中有一份不祥的預感。

此時，升降機門打開，一個蓋著白布的擔架床從升降機推出來。

在大堂的警察打開了白布確認死者的身分。

我從玻璃中，偷看著那架擔架床上的死者……

我手上的《幽遊白書》第十卷掉在地上。

在擔架床上躺著的……

躺著的是……

躺著的是……

臉色已經發紫的

溫、濤、鴻！

自殺的一家人，是濤鴻一家？！

究竟………

發生了什麼事！！！！！！！！！！！！

！！！！！！！！！！！

*《棋魂》，堀田由美作品，小畑健作畫，一九九八年至二零零三年，全二十三卷。

*《Jojo的奇妙冒險》，荒木飛呂彥作品，一九八七年至今。

Chapter
two
Fast Food Shop

快餐店

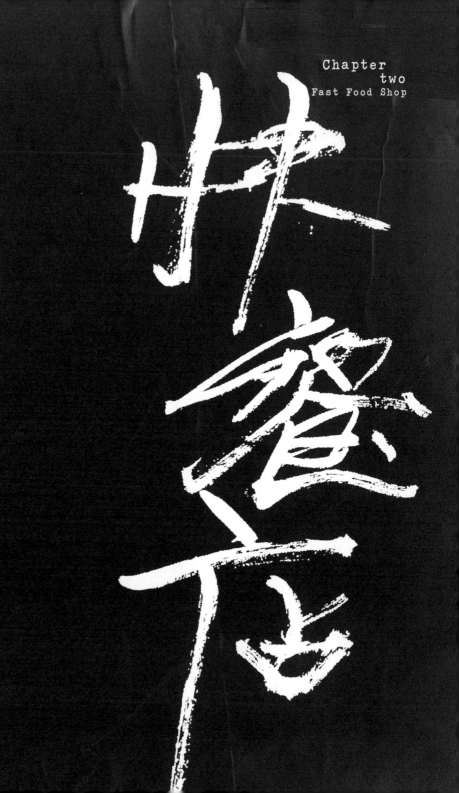

快餐店

Chapter two

Fast Food Shop 01

一個月後。

美輪快餐店。

「允貞！雜扒飯剩一！」男人從廚房叫出來。

「知道！」金允貞在咪前說：「櫃檯，加州雜扒飯剩一！」

「允貞，要無糖可樂，不是普通可樂！換一杯！」同事跟她說。

「知道！立即來！」

「允貞！吉列豬扒飯是廚房做的，不是我們燒味部！」燒味師傅把單遞給她。

「對不起！我給錯單了！」

取餐處因為人手不足，忙得不可開交，金允貞像有三頭六臂一樣，一人分飾幾個工作位置。

午餐時間過去，允貞終於可以落場休息。

留著中短長度髮型的她，脫下了帽子休息。二十歲的她，雙眼又圓又大，樣子甜美，她那個濕潤的小嘴巴，讓她看起來更可愛。

「這個月真的超忙啊！」她吃著已經變冷的叉燒雞飯。

「鬼啊，少了一個人當然忙吧！我這個月有幾天假也沒放！」另一個四眼職員周多明說：「真不明白溫大叔為什麼要自殺！」

「不是自殺，是冚家死去！」燒味師傅良哥說：「聽說他因為炒股票欠了一身債，最後一家燒炭死去。」

「真的沒想過每天都見面的人，會這樣死去，唉！」周多明說。

他們是溫濤鴻快餐店的同事，溫濤鴻一家的喪禮他們也有出席。

「怎樣公司還不請人？這樣下去我的大假也沒得放了！」周多明說：「允貞，妳怎樣不說話？」

「沒事！」允貞想起入職時一直教她工作的溫濤鴻，帶點傷感：「其實忙也還好，最怕就是……」

「妳的狂蜂浪蝶吧！哈哈！」多明說：「星期一是做IT的四眼哥哥、星期二是做銀行的西裝友、星期三是那個電訊公司推銷員、星期四……」

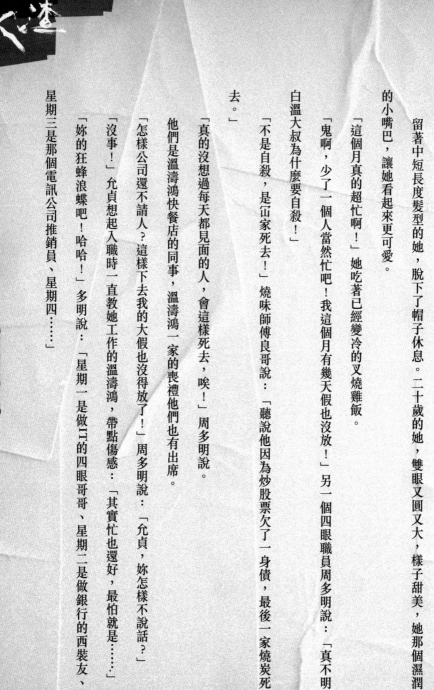

「夠了！夠了！別再說了！」允貞扁著嘴說。

允貞的樣子甜美，總是惹來很多狂風浪碟，得閒無事就會過來，不是要多支飲管，就是要刀刀叉叉，有時還會直接約她吃飯，對於打工的允貞來說，真的非常麻煩。

「如果被七佬知道就麻煩了，他一定覺得是我在勾搭客人！」允貞說。

七佬是他們快餐店的門市經理。

「那個七頭……不，七佬真的超級刻薄，我請半日假去探我媽都說要預先通知！」燒味師父良哥生氣地說：「我媽急症入院，怎樣預先通知？」

「何止刻薄？簡直是無人性！上星期洗碗的珍姐扭傷腰，他還要珍姐洗完全部碗碗碟碟才讓她下班！」名明一直也對七佬不滿：「如果要說仆街，他應該認第一沒人敢認第二！七頭！」

就在此時，休息室的大門打開，早上不要說人、晚上不要鬼，七佬走了進來。

「什麼認第二？我聽到！」七佬走向他們。

七佬外表眉尖額窄，說話時還有口臭。

「沒什麼……沒什麼……哈哈！我說允貞沖咖啡的速度是第二快！」多明尷尬地笑說。

他們會在七佬面前當面說他的不是？才不會，除非想沒了這份工。

在這個社會工作，多多少少都要「假」，誰又能夠講真說話？誰又能夠做回自己？

「白痴！在討論這些無聊問題！」七佬戚戚眉說：「我來介紹，他是新員工，今天來上班，大家快教懂他日常的工作，但別教他愉惰！」

他們一起看著那個男人，男人戴上了快餐店的帽，低下了頭。

「去你的，你在扮梁朝偉嗎？快去工作！」七佬說完準備離開：「允貞，轉頭來我的辦公室。」

「但現在是我的吃飯時間……」允貞說。

「叫妳來妳就來！別多說話！」

「知道。」她點點頭。

七佬離開，只餘下他們四人在休息室。

「你好，我叫周多明，她是金允貞，還有燒味師傅良哥！」四眼的多明在介紹。

「你好！」

「Hello!」

他們逐一打招呼之後，男人慢慢地抬起頭說。

一個滿面自信的男人抬起頭。

「還好，你們不是太高分。」他看著三人微笑說：「你們好。」

他說出了奇怪的說話，大家也不明白他所說的「高分」是什麼意思。

沒錯，這個男人就是……

鍾入矢！

他不是在開了一間二手漫畫店的嗎？為什麼會來到了快餐店工作？

快餐店

Chapter two

Fast Food Shop 02

一個月後。

落場時間，我一個人走到快餐店的後巷抽煙。

我已經跟同事混熟，而且也熟習了快餐店的基本運作，沒我想像中困難。

後巷中，清潔的英姐把兩大袋黑色膠垃圾袋從廚房後門拉出來，我立即上前幫手。

「我來幫妳！」我拉著其中一個垃圾袋：「媽的，這麼重！」

「矢仔，你以為膠袋是空的嗎？每天都有十幾袋這樣的垃圾，今天算少了！」英姐說。

「妳一個人每天拉十幾袋這麼重的垃圾？應該準備架手推車吧！」我吐糟說。

「我申請過了，不過說了三年，七佬也沒有給我買！」英姐說：「沒問題的！我一轉拉不完，就分兩轉拉吧！」

說完，英姐把重重的垃圾拉到遠遠的公眾垃圾站。

看著英姐彎著腰，一步一步把垃圾拉遠。

「那個七頭的真的是……」

我快走上前，搶去英姐的垃圾膠袋：「英姐！我來幫妳吧，妳回去休息一下！」

我雙手拉著兩袋巨型的垃圾袋，一步一步向著垃圾箱前進。

「去你的……放心吧，賤種七頭！我一定會好好對付你！」我咬著牙關笑說。

為什麼我會來到濤鴻曾經做過的快餐店工作？

為什麼濤鴻會一家自殺死去？

一切，都在濤鴻自殺死去的兩星期，我在那本缺頁的《幽遊白書》找到了線索。

……

…

.

溫濤鴻死後一星期。

停留二手漫畫店。

「濤鴻你這個白痴！為什麼要自殺？為什麼要一家三口自殺！」

漫畫店已經關門，我一個人留在二手漫畫店，看著網上的報導和討論。

「自己死好了，還要老婆、女兒陪葬？」

「這種男人真是賤男！抵死！」

「死了更好！這些人渣！」

只有三十二分的濤鴻，一生也沒做過什麼壞事，死後卻被別人說成「人渣」。

網上的人，都不先去了解事件與當事人，然後就作出最嚴厲、最惡毒的批評。

誰才是人渣？

「不可能的！濤鴻不可能這樣自殺的！」

我已經認識他差不多十年，沒有任何一秒會覺得他會自殺，他甚至連飛進我店的蚊子也不會拍死！明明在三個月前才跟他見面，濤鴻完全沒有任何異樣，跟平常一樣！

我想起了濤鴻的一句說話。

「假設，只是假設，我為了我女兒去殺人，我會不會變成人渣？」

濤鴻是一個可以為了女兒去殺人的人，他又怎會讓她一起死去？

一定有什麼原因！

一定是！

我查看了所有有關濤鴻的新聞，全都是說他自殺，新聞中報導警員證實了他們一家三口是燒炭後吸入過量二氧化碳而死去。而且，不知道他們從哪裡來的消息，說關濤是因為股票而自殺。

我從來沒聽過濤鴻有買股票，他甚至連投資也不會。

他們認識濤鴻嗎？他們夠我認識濤鴻嗎？我不相信！

我看著桌前那本被撕去幾頁的《幽遊白書》第十卷，這是他最後留下來的漫畫，他最愛的漫畫！

我揭開漫畫看，想起了跟他討論漫畫的回憶。

就在我揭到缺頁的位置，我看到了……看到了一張「書籤」。

不，更正式來說是一張卡片，卡片上寫著……

「富耀證券公司」。

富耀證券公司。

我看著那個六十八分的經紀，已經是接近人渣的等級，其他職員也沒有他高分。

「對不起，我們不能透露其他客戶的資料。」他虛偽地一笑。

「這是我漫畫店抵押的資料，加上我所有的漫畫書，應該有八九十萬左右。」我把身體傾前：「我全都用來跟你開戶。」

他眼前一亮。

「這個月你找到新客戶了嗎？我就是你的新客戶。我只是想知道溫濤鴻的投資記錄。」我微笑說：「你不幹，我相信其他分行的同事也會幹吧？你想失去我這樣的客人嗎？」

他還在猶豫。

「謝謝你幫助。」我二話不說站了起來。

「等等！」

不用想，他當然會這樣做，為了自己的利益，這個六十八分的人才不會放棄這個機會。

之後，我從得到的資料中，知道了濤鴻是沽空股票，欠下了數百萬的巨債。

我完全沒聽過他會玩股票，更不相信他會因為欠債選擇輕生，甚至要老婆、女兒也跟他一起死去！

就算，我手上拿著足夠的證據，我還是不相信！

我只相信我認識的濤鴻，他從來也沒有跟我提過有這麼大的財政問題！就算有，他一定會先問過我！

是有什麼其他原因嗎？

那夜，美子打電話給我，她知道我在調查濤鴻一家死去的事，她說曾跟濤鴻太太在兩個月前聊天，當時，濤鴻太太還高興地跟她說有什麼股票的內幕貼士，可以賺大錢。

濤鴻太太沒有說出「內幕貼士」是從哪裡來，不過美子說她有暗示過跟濤鴻所工作的快餐店有關。

我決定了自己調查。

濤鴻買的股票名為「優滋國際」，這個月升了好幾倍，但因為濤鴻是沽空股票，就是買跌，導致他有倍上的虧蝕。

我用盡我的方法再三調查，最後發現了，這間「優滋國際」公司跟「愛瑞食品集團」有關！

愛瑞食品集團，其下其中的一個品牌，就是濤鴻在工作的……

美輪快餐店！

一切就好像一個騙局……

我一定要找出濤鴻一家死去的真正原因！

××××××××

一個月後。

幫英姐丟完垃圾後，我回到美輪快餐店的休息室。

「愛瑞食品集團」，是全港最大的食品集團，當中包括了粵菜、西菜、日本菜、泰越菜、快餐、麵包西餅、酒吧等等的不同業務，全港有數百間分店，壟斷了香港四成的飲食行業，成為了最大的美食王國。

如果我只是在外調查，未必知道這「王國」是如何運作，所以，我要潛入這間公司，找出濤鴻自殺的真正原因！

「入矢，你又在看公司的資料嗎？看來你也蠻喜歡我們的公司！」金允貞看著我手機的畫面。

「妳多事吧。」我收起了手機，看著人渣成分指數四十八分的她：「怎樣了？七頭又叫妳去他辦公室？」

「對……他總是借機毛手毛腳的！」允貞無奈地說。

「差不多是時候了。」我說。

「你說什麼差不多時候？」她問。

「妳想不想……」我奸笑：「跟我一起對付這個人渣？」

她不明白我的說話，用一個疑惑的眼神看著我。

「妳會……幫助我嗎？」我說。

快餐店

Chapter two

Fast Food Shop 04

如果你有看過*《爆漫王。》與*《島耕作》系列，就會知道，在職場中最先就是要了解整間公司的架構與員工，才可以有更好的職途。

當然，我不需要什麼「職途」，我只是想了解更多有關濤鴻自殺的事。

在這間「美輪快餐店」分店中，兼職加上輪班的員工，一共有三十二人，侍應、收銀、製餐、廚房、清潔、洗碗，還有主管級。其中，只有兩個人的人渣成分指數在七十分以上，一個是七頭，七十五分，而另一個是餐廳副經理細明，七十一分。

我曾經有一次來過快餐店吃晚飯見過七頭，他當時是七十二分，現在他的分數愈來愈高，代表了做事愈來愈人渣。

而七頭與細明是一伙的，細明就像隻跟尾狗一樣，對七頭言聽計從。

他們經常剝削員工的福利，有事請假永遠不批准、打爛碗碟要員工私下賠償、加班沒有補水，就連買架手推車仔給英姐推垃圾也不行，每天就只是躲在辦公室，完全不理店面員工有多辛苦地工作。

如果你問這樣剝削福利，為什麼不去「勞工處」告他們？

他們不是沒試過吧，不過那些告密的員工已經被解雇，而且遣散費也不給！

找律師打官司？

哪有錢？

那些被解雇的人反被告違反員工守則，高層還一直追究他們的責任。別忘記如果「朵臭了」不是什麼好事，壟斷香港四成飲食行業的上市公司，得罪了他們，根本沒好結果。

發過電郵給更高的高層？

別白痴了，那個電郵永遠不會有人看，只是用來欺騙那些想投訴的員工罷了。

就因為這樣，員工一直也在忍氣吞聲。

他們很沒「骨氣」嗎？

你叫六十多歲的英姐、珍姐要怎樣有骨氣？她們腰也伸不直，那裡來骨氣？當然，年輕的還是有得選擇辭職，不過，來到快餐店工作的人，學歷也不會太高，再找工作的種類也不會多。

而且，如果你有試過見十份工卻沒有一份有回覆的心情，你就明白為什麼大家也選擇吞聲忍氣。

最怕社會上某些人總是說會說「你真的不上進」、「換作是我就辭職了」等等說話，他們根本不知道別人的苦處，只會用「說別人不上進，不如去提升自己的價值」來裝飾自己有多上進，正仆街。

「大鑊！」四眼的多明緊張地走入休息室。

「發生什麼事？」允貞問。

「賢仔……賢仔又闖禍了！」多明說。

賢仔患有輕度唐氏綜合症。

「我出去看看。」我說。

我走出了快餐店的樓面，已經聽到食客在大吵大鬧。

「你們怎樣做事的？火鍋湯差點淋在我兒子的頭上！」一個女人大聲地說。

「如果我個仔毀容怎算？我來問你！」另一個男人說。

他們應該是一對夫婦，一個七十分，另一個七十一分。

「不關……不關我事……」賢仔驚慌地說：「是……你們的兒子亂走，碰到我的餐盤……」

「賢仔你還亂說！」副經理細明罵他，然後向兩夫婦說：「對不起！是我們的錯！」

「我不是要你道歉！我要他道歉！」女人趾高氣揚地說：「你們請了什麼人？像白痴一樣的人都請嗎？」

「你們連弱智也請，有沒有想過顧客的感受？」男人再加一句。

「賢仔，還不快道歉！」細明拍打他的頭。

「但我……」賢仔還想辯駁。

就在此時，我走上前擋在他們中間，我低頭看著那個看似七八歲的小孩，他還穿著某間名校的校服。

我最討厭這些父母、這種自以為是的小孩。

「七十二分……」我搖搖頭，一手捉住男孩的手。

「你想怎樣？！」小孩掙扎。

「喂！你再不放手，我就報警！」小孩的父親說：「告到你們結業！」

「入矢，你想做什麼？！」細明非常驚慌：「對不起！對不起！」

「道歉。」我蹲了下來跟男孩說。

「為什麼我要道歉？！」男孩不忿氣地說。

「我、叫、你、跟、賢、仔、道、歉！」我一字一字清楚地說：「你聽不到嗎？你才是弱、智、仔。」

*《爆漫王。》，大場鶇作品，小畑健作畫，二零零八年至二零一二年，全二十卷。

*《島耕作》系列，弘兼憲史作品，一九八三年至今。系列包括《課長島耕作》、《部長島耕作》、《董事（取締役）島耕作》、《青年島耕作》、《青年島耕作 主任篇》、《常務島耕作》、《專務島耕作》、《社長島耕作》《係長島耕作》《會長島耕作》、《學生島耕作》、《學生島耕作求職篇》、《顧問島耕作》。直至小說寫作時期，單行本合計共七十七卷。

「我要報警！」小孩的母親拿出了手機。

「快報呀！快點報警呀！」我指著快餐店上方的閉路電視說：「這裡還有閉路電視證明真的是我同事弄倒了湯，而不是你的弱智兒子四處亂跑而弄倒了湯呢！」

「你……」女人沒有按下電話。

「為什麼還不報警？」我站起起來看著那個男人，面容扭曲，像*《賭博之淵》角色的顏藝一樣：

「我、問、你、為、什、麼、還、不、報、警？」

「這間快餐店的人都痴線的！」男人害怕：「我們走！我們不會再來！」

「走什麼？你個仔還未道歉！」我放手，指著他：「道歉呀！白痴仔！」

男孩立即哭了起來。

媽的，哭了嗎？七十二分的小孩真會演！

「入矢，還是……還是算了……」賢仔扯著我的衫尾。

那一家人一面罵，一面走出快餐店，那個小孩最後還回頭給我一個粗口手勢。有什麼樣的老竇老母，就有什麼樣的兒子，不，應該說有一個比他們更人渣的兒子。

這一家人走後，細明生氣地叫：「你們兩個跟我入來！」

我笑著給賢仔一個無奈的表情。

經理房內。

「他媽的！賢仔明明就是你錯！為什麼不立即道歉？」細明拍打桌面。

「不是我……」賢仔低下了頭。

「你還駁嘴！你這個弱智仔是不是想回到庇護工場工作？」細明恐嚇他。

「不！我不想！」賢仔非常緊張。

「喂！」我說：「什麼弱智仔？你夠了嗎？」

「你說什麼？」細明托托眼鏡看著我：「我還未鬧你！你是什麼態度？你竟然叫客人做弱智仔？」

「你不也是嗎？」我反駁。

「幹你娘！你還要駁嘴嗎？」細明奸笑：「快跟我鞠躬道歉！不然，你們兩個人明天不用上班！」

「細明！不要！求求你！我沒有工作就沒有錢生活！求求你！」賢仔的眼淚在眼眶中打滾。

去你的！為什麼要鞠躬道歉？這啖氣可能吞回去嗎？

我用力搭在他的肩膊上，然後……

我低下了頭鞠躬：「對不起，細明經理，是我們的錯。」

我緊緊著拳頭，如果只是我一個人，當然不怕他，不過，我不想連累賢仔。

放心……慢慢來……

細明狗……

「我有仇必報，我要你比死更難受！」

這只是在心中說，然後跟著細明微笑。

細明用了十分鐘把我們罵得狗血淋頭後，我們離開了經理房。

在走廊上，賢仔突然說：「入矢，謝謝你。」

「謝什麼？根本不是你的錯。」我微笑說。

「我不明白，你根本沒有看過閉路電視，你怎麼會知道不是我弄到湯的？」賢仔問：「為什麼你會相信我？」

然後，我指著他的額頭。

「三十八分。」

他是全快餐店分數最低的人，我不相信他，還相信誰？

「三十八分？」

我沒有回答他，轉頭就走。

突然，我想到了一件事，轉身看著他。

「賢仔，你想不想……」我奸笑：「報仇？」

「報仇？」

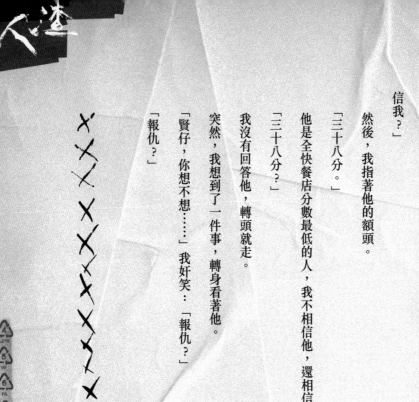

三天後。

馬保祿學校（小學部）門前。

學生的放學時間，那個在快餐店誣蔑賢仔的男學生，跟同學一起離開學校。

入矢與賢仔已經在路上等著他。

他們想怎樣？

要打一個小學生嗎？

「來了！來了！」入矢高興地說：「賢仔，是你『表演』的時間！嘰嘰！」

*《賭博之淵》，河本焰作品，尚村透作畫，二零一四年至今。

「細佬，細佬，我來接你放學！」賢仔故意扮含著手指，走向一群小學生。

小學生們一起看著賢仔走過來。

賢仔走到那個三天前在快餐店冤枉他的小學生身邊：「細佬，你不介紹你的同學給我認識嗎？呵呵！」

「你……你說什麼，我不認識你！」那名小學生說。

「你怎麼了？不想認有我這個弱智的哥哥嗎？」賢仔嘴角流下口水：「我不要！我不要！我要你介紹同學給我認識！」

學生們一起看著那個男學生。

「等等！我真的不認識他！他不是我的哥哥！」男學生尷尬地跟同學解釋。

同學們開始用一個嫌棄的眼神看著那個男同學。

「喂！我兩個好細佬，快回家吧！爸爸媽媽在等我們！」

是我出場的時候。

「你又是誰？」男同學想起了在快餐店的事：「你們是……快餐店那個弱智仔！」

「你怎可以叫自己的親哥哥做弱智仔？快回家吧！你還要幫賢仔洗澡！今晚到你幫他洗JJ仔！」我笑說。

「洗JJ仔！洗JJ仔！很開心！YEAH！細佬幫我洗JJ仔！」賢仔扮作高興。

同學們不只用嫌棄眼神看著男學生，他們開始退後，遠離那個男同學！

「Thomas is so dirty!」其中一個學生說。

「我今天才跟你握手……」另一個學生說。

「沒有！我不認識他們！我沒有幫他洗JJ仔！」他想走回同學群，同學們卻退開。

「Thomas!」我知道他叫Thomas了：「快走吧，要不要叫你的同學一起幫小賢洗JJ？一起來吧！」

「好啊，好啊！一起洗，一起洗！」賢仔摸著自己的下體笑著說。

「才不要！」學生們大叫。

「快走！」

「Thomas，我一定會跟其他同學說你有這個洗JJ的哥哥！Bye！」

Thomas的同學全部走開，他留在原地哭著臉：「不要走！你們不要走！」

我跟賢仔對望了一眼，笑了。

「靚仔。」我彎下腰看著他：「快道歉。」

「道……道什麼歉？」他問。

「如果你不道歉，我們一星期來幾次，不只是你的同班同學知道你有個弱智的哥哥。」我的顏藝詩張表情再次出現：「我要全校也知道你幫你的**弱智哥哥洗JJ仔！」**

「不要，不要！對不起！是我的錯！」他立即道歉。

「不是跟我道歉。」我指著賢仔。

「對不起！是我把湯弄倒的，對不起！」

「乖孩子。」

「好吧，你可以走了！如果你跟父母說見過我們，我就……剪了你的JJ！」我做出一個剪刀的手勢。

「知……知道……」

「走吧！」

男學生轉身想離開，我叫著他：「你的書包沒拉好，我幫你！」

我幫他拉好書包之後，Thomas 立即跑走。

他去到我們沒法立刻追上的距離轉身，給我們一個中指手勢。

「嘿，現在的孩子真的是。」我看著那間名校：「讀名校嗎？又如何？」

「入矢，這樣好嗎？你不怕他的父母會來找我們晦氣？」賢仔問。

「嘿，怕什麼？」我搭著他的膊頭：「你不是出了一口氣嗎？」

「對！開心多了！哈哈！」

「走吧！我請你吃飯！」我說：「他告訴父母之前，應該要好好向他們解釋，為什麼會抽煙？」

「抽煙？」

「走吧！我請你吃飯！」

我在他臨走前，把一包香煙放入他的書包，嘿嘿，在學校被發現應該會更好，然後他會不會被逐出這間名校呢？

然後那兩公婆就要像狗一樣哀求學校網開一面，給他的孩子一個機會，嘰嘰！

想起也覺得心涼！

沒錯，我說過我……

「有仇必報」！

我們二人來到了附近的公園吃著外賣。

「真的估不到扮弱智也可以反欺凌別人！感覺真爽！」我看著患有輕度唐氏綜合症的賢仔，才發現自己說錯了話：「對不起，我意思是……」

「不，入矢，我要多謝你。」賢仔看著手上的飯盒：「從我一出生以來，都是被人欺凌，我從來也沒有欺負過別人。」

我拍拍他的肩膀，明白他的感受。

「我總是被人看輕，我總是得不到公平的對待，為什麼要這樣？因為我比其他人生得醜嗎？」他的眼淚流下：「我比其他人生得蠢嗎？為什麼大家都要這樣對我？」

因為賢仔的樣子，都總是被人既定為「不正常」，其實，他比任何正常人更善良。

在漫畫中，例如*《K・O・小拳王》身材矮小的主角一直被人欺負，不過經他努力鍛煉後打出一片天空，又或是*《叮噹》中的大雄，也經常被技安欺負，卻有叮噹出來幫助他。

這些故事，在現實的社會中……

根本不會存在。

被社會離棄的人，根本不會有叮噹出現拯救他，就像賢仔一樣，他在快餐店工作的時間最長，工資卻是最少。

世界從來沒有「公平」，只有高高在上的人，才會用「公平」這兩個字來穩固自己的利益與地位。

「賢仔，你已經走出第一步，你已經不再被人欺負了！」我笑說：「別怕，以後別要理會別人的眼光，做你想做的事吧！」

「真的可以這樣嗎？」他問。

「哈哈！當然可以！」我笑說：「說吧！有什麼事想做的，我可以幫你！」

「我喜歡了一個女仔……」

嘿，然後，他說出了他想做的事。

三十八分的賢仔，你真的很可愛呢。

第二天早上。

「入矢！！！」金允貞大叫。

我正準備換上制服開工，她氣沖沖地走向我。

「你看！」她指著放在儲物櫃上的鮮花。

「賢仔跟我說了！是你叫他大膽向喜歡的人表白！」金允貞說：「你這個笨蛋！」

「哈哈！有什麼問題？」我高興地說：「啊！賢仔懂得買十一支玫瑰，叻仔。」

「你明知我……」金允貞咬咬唇：「總之，我不會接受他！」

她應該是想說「你明知我身邊已經有很多狂風浪碟」這句話吧。

「沒什麼呢？妳又不是一定要接受他，賢仔拿出了勇氣向妳表白，不是很好嗎？」我說。

「我要怎樣跟他說？」允貞問：「真的很麻煩……」

「允貞。」我走近了她，看著她漂亮的臉蛋：「你知道嗎？為什麼妳總是有麻煩的事、麻煩的男人找上妳？」

「我怎知道！」

「因為妳不懂得『拒絕』。」

她用圓圓的雙眼看著我。

「喜歡一個人要大膽跟對方說，同樣地，不喜歡一個人更要說出自己的感受，而不是讓對方覺得自己……還有機會。」我拍拍她的頭：「妳明白我的說話嗎？」

「這……」

「慢慢來吧，妳慢慢就會明白我的意思。」

的確，如果不是想「收兵」，為什麼不大大方方拒絕對方？這樣，對喜歡自己的人是更好的方法，而不是拖拖拉拉，時間愈長，愈傷害對方。

「入矢，收銀的朱姐找你！」多明走入來叫我。

「啊？有好消息了！」我轉身離開。

「什麼好消息？」允貞問。

「反擊時間來了！」

*《叮噹》，藤子・F・不二雄作品，一九六九年至一九九六年，全四十五卷。

*《K.O.小拳王》，高橋陽一作品，一九九二年至一九九三年，全六卷。

人渣

4 LDPE
5 PP
6 PS
7 OTHER

Chapter three

Aggrieved

委屈

Chapter three

Aggrieved 01

在快餐店工作已經快兩個月，我已經習慣了這種上班的工作模式。

自從開了漫畫店以後，已經有接近十年時間沒有打過工，不過，奇怪地，我好像很快習慣了這裡的工作。

當然，我沒有忘記來快餐店工作的原因，我一直也有打探有關濤鴻的事，我經常有意無意地問及同事有關他的事，可惜，根本沒有人知道他的死是跟「愛瑞食品集團」有關，他們甚至不知道濤鴻有買過股票的事。

不過，我從廚房佬那邊打聽到，在這幾年整個集團發生過幾次自殺的事件，發生在不同的食品分店與部門，感覺上沒有什麼關聯，還有人說是「集團」風水問題。

而「愛瑞食品集團」都不會公佈員工身亡的事，除非是因為工傷。

「焗豬、中樂、雞炆米、檸茶、美雜扒、細蓉麵。」我一面用咪叫著餐，一面撕掉手上的單。

就在此時，我從玻璃中，看到負責清潔的英姐在快餐店外呆呆地坐在石壆上，她不是應該在廚房後門工作的嗎？

「允貞，你幫我頂一會。」我說。

「你要去哪裡？午飯時間就到了，很忙的！」允貞鼓起腮：「又想去抽煙嗎？」

「不是，我去看看英姐！」

我脫下了帽子，走出快餐店。

「英姐！」我走到她身邊：「妳怎樣會在這裡？不用工作？」

「沒有了……沒有了……」她沒有回答我，只是重複著說話。

「什麼沒有了？」我蹲下來看著她。

她緩緩地看著我：「我的長期服務金……沒有了……」

「什麼？快跟我說發生了什麼事！」我問英姐。

英姐兩個月後就六十五歲，根據公司合約規定，只要工作滿十年以上，當到達六十五歲退休年齡，就可以得到一筆「長期服務金」，不過合約中亦有列明，如因犯嚴重過失而遭解僱，就不能獲得這筆長期服務金。

剛才分店副經理細明跟英姐說，因為她犯下嚴重過失而遭解僱，一個月後要離開，即是說她將不會獲得長期服務金。

「我女兒因車禍去世，她老公又一走了之，留下孫仔給我養大，現在他才八歲。」英姐用紙巾抹去眼淚：「我沒有工作，又沒有這筆長期服務金，我要怎樣生活？我的孫仔要怎樣生活？」

英姐的「人渣成分指數」只有五十一分。

又再次發生相同的事。

低下階層的人，又或是比較善良的人，永遠也不會有什麼好報，永遠都是被上層剝削應有的報酬。

說什麼「神自有安排」？

我真的很想問問天、問問神，為什麼要有這樣的「安排」？

安在家中看到網上介紹貧民窟的兒童……

我們都會說：「他們會苦盡甘來，會好過來的」。

用水洗手三十秒想起在乾旱地區生活的人……

我們都會說：「他們會苦盡甘來，會好過來的」。

在放題餐廳大吃大喝，看著電視播放著在饑荒地方生活的孩子……

我們都會說：「他們會苦盡甘來的，會好過來的」。

要人類苦盡甘來嗎？但有更多的人是「苦盡更苦」！

「英姐……」我皺起眉頭：「妳跟我說，妳犯了什麼嚴重過失，那隻狗要解僱妳？」

「老鼠。」

「老鼠？」

委屈

Chapter three

Aggrieved 02

三天前。

經理房內。

七佬跟一位會計部的高層在電話通話。

「你們分店有個叫英三妹的清潔工，快六十五歲了。」會計部高層說：「你明白我的意思吧？」

「當然明白，我就找個藉口趕她走吧。」七佬奸笑：「至於我的分成……」

「她本身有二十五萬左右的長期服務金，你三成。」會計部高層說。

「只有三成嗎？我還要分給我的屬下。」七佬在討價還價。

「別跟我來這套，老七，我也只是食三成，很公平。」他說。

公平？

他們把一個六十五歲的婆婆應有的錢瓜分，這叫「公平」？

「知道，知道，我明白，就三成。」七佬說：「我也看她不順眼了，以為自己做了十年就不需要聽我的話？正賤垃圾婆！」

「我不知道你怎樣處理，總之要做得妥妥當當。」會計部高層說：「你知道『他們』在看著。」

「當然知道！未來升職都是靠你們這班高層了，嘰嘰！」

……

…

．

兩天前。

經理房內。

「細明，你看看有什麼方法。」七佬問：「把她趕走。」

「愈來愈多老鼠！」細明說：「垃圾婆人老又記性不好，有次沒有丟掉幾日前的垃圾！老鼠甲甴都因為她的不負責而滋生！」

「這樣真的很過分了！是嚴重過失，影響了整間快餐店。」老佬搖頭扮正經說。

「沒錯，沒錯！就這樣解僱她吧！」

他們在自圓自說。

「七佬，至於分成方面……」細明樣子變得狡猾。

「有二千元的獎金。」七佬說：「是舉報的獎賞。」

「只有二千元嗎？」

「別跟我來這套，細明，你也跟我很久了，不明白我有多慷慨嗎？」

「知道，知道，我明白，就二千元吧。」

「明天我去跟其他門市的經理開會，你就跟那個垃圾婆說吧，解僱一個月通知。」七佬說。

「沒問題！未來升職都是靠你了，嘰嘰！」細明說說。

他們的對話是不是很熟口面？

沒錯，所有有權的人都是在……「官官相衛」。

……

……

．

今天中午。

英姐來到了經理房，細明說出了解僱她的原因。

「你……你怎可以這樣？我兩個月後可以拿長期金了！」英姐非常憤怒。

「都只怪妳自己！」細明尖酸刻薄地說：「垃圾婆，老鼠都因為妳而出現，妳知道嗎？」

「這十年來，就只有我一個做清潔！我只是有時忘記……」

「你給我收聲！臭老太婆！」細明指著她：「妳知道我們是上市的大集團嗎？因為妳一個影響了整個集團，我們可以反過來告妳！」

「不要！求求你不要這樣對我，我還有個孫要養！求求你！求求你！」

英珍跪在地上，捉著細明的大腿！

「妳這個垃圾婆給我死開！很臭！」細明一腳把她踢開。

「求求你！我不能沒有這份工，我不知道還可以做什麼工，你看在我老人家份上，不要解僱我可以嗎？」英珍雙手合十聲淚俱下。

「真的是社會上的垃圾！一把年齡還像狗一樣求我！媽的！」細明說：「妳快出去，我不想經理房都是妳滿身的臭味！總之一個月通知，別再來煩我！」

快餐店外石壆上。

我聽完英珍所說的事，整個人也快著火！

「他真的是人渣中的渣滓！」我緊握著拳頭：「英姐，妳放心，我一定不會讓他們解僱妳！我有方法！」

「什麼意思？」英姐樣子出現了希望。

「本來我想多等一會再實行『計劃』。」我看回快餐店，雙眼著火：「看來現在是時候了！」

「矢仔……」

「英姐，妳回去工作，等我好消息！」我站了起來走回快餐店。

「你不是想打他嗎？沒用的……我謝謝你的好意，但……矢仔……」英姐看著我的背影說。

我回頭奸笑：「我還想幫你掉垃圾，妳不能這樣就走！」

……

……

……

回到快餐店後，我走向經理房。

我用力踢開大門，發出了巨響！細明正在抽著煙。

「發生什麼事？你瘋了嗎？這麼大力踢門。」細明看著我。

「你是不是要解僱英姐？」我拿出了香煙點起。

「關你什麼事？這是高層的決定。」細明說：「還有，誰給你在這裡抽煙？」

我直接坐在他的桌上，把煙吐在他的臉上。

「以後，你要聽我的話，知道嗎？」我的臉容變得比他更加囂張。

「咳咳！你燒壞腦嗎？我為什要聽你的話！」

「閉路電視！」我說出了四個字。

「什麼？」

「餐廳店面都有幾台閉路電視，用來監察店面的情況，不過很奇怪呢？櫃檯收銀對著的那台閉路電視，反而沒有直接影到收銀處，不是很奇怪嗎？明明是最重要的位置，閉路電視卻拍著其他地方。」我扮作思考：「啊？會不會是有人把閉路電視……移開了呢？」

「你……你在說什麼？」他醜陋的臉表現出非常緊張的神情。

「很有趣呢？收銀的朱姐說經常收錯數，她說自己明明收了幾十年錢，總是埋數時少了錢。因為她怕被發現收錯錢，往往會用自己的錢填回去，一直都是這樣。」

「是她收錯錢，關我狗事？！」細明心虛地說。

「不不不，我已經調查過了，最有趣的是收錯銀的日子，都是在……跑馬日。」我祥和地微笑：「親愛的細明副經理，你最喜歡賭馬吧？」

我指著他桌上的馬報。

「你……你想說什麼？我不明白你的意思！」他托托自己的眼鏡。

「沒什麼，沒什麼，可能你沒發現吧，因為我想幫朱姐找出收錯錢的原因，然後……」我身體向前爬，爬到他的眼前，瞪大雙眼：「這兩星期，我把閉路電視……移回去影著收銀處的方向！」

「什……什麼？」細明的汗水流下。

「啊，我想閉路電視應該拍到了什麼！我去放閉路電視的房看看！」我繼續微笑：「然後把影片呈上總公司，給他們看看。」

就在我說出這句說話後，細明快速走出經理房，沒錯，他的目的很明顯，他想……立即毀滅證據！

「別走！」我大叫。

委屈 Chapter three Aggrieved 04

我追了出去，細明已經去到放著閉路電視的房間，然後反鎖起來！

「去你的！不夠這個人渣快！」我生氣地說：「沒想到他蠻聰明的！」

此時，其他在休息的員工，聽到聲音後都走了過來。

「入矢，發生什麼事？」廚房的東哥問。

「我放狗歸山了。」我說。

「放狗？」燒味師傅良哥問。

我沒理會他們，然後走回經理房，我坐到細明的位置，把雙腳放上他的桌上。

不久，他回到經理房。

「賤人！你以為可以用閉路電視的影片威脅我嗎？我已經把儲存下來的畫面刪除了！」細明又變回了像狗一樣的狡猾樣子。

「啊？你刪除了嗎？很好，證明你真的有在收銀機偷錢。」我說。

他大力地關上門，在房外的快餐店職員沒辦法聽到我們的對話。

「是我偷錢又如何？你這個狗養的有什麼證據？啊？有的有的，不過都給我刪除了！」細明大叫：「離開我的坐位，現在我即時解僱你！」

「白痴！」我拿出手機給他看一張相片：「其實我根本沒有移動過閉路電視的鏡頭！」

「什麼？」

「現在全公司都看到你走入儲存閉路電視影片的房間，而且你又刪除了那些畫面，不就是在……自打嘴巴了嗎？」我奸笑，用手勢叫他過來：「過來，過來！」

我把手機駁上了他的電腦，讓他看一段影片。

影片是我過去兩星期以來，叫朱姐把手機放在櫃台後方拍攝的畫面。畫面快速前進，來到了某個跑馬日的早上，收銀朱姐還未上班前，細明走到收銀機前，用後備鎖匙打開收銀機，然後……在收銀機拿走了錢！

細明呆了一樣看著他的電腦屏幕！

「兩星期有三次，啊？這些不就是證據嗎？再加上你剛才走到閉路電視房刪除錄影，我想不用再解釋了吧？」我說：「把影片發給誰看好呢？狗明，你有沒有區域經理的電郵？還有人事部主管的呢？」

「不要發給他們！我還有一家大細要養！不能沒有了這份工！求求你不要！」細明又變回了一條狗。

我用力扯著他的領呔，把他拉向我，然後我臉部扭曲地說：「去你的賤狗！只有你有家人要養嗎？英姐沒有？！」

他不斷地搖頭：「我只是……只是……」

我用鼻子嗅嗅他：「你老味！嗅到薦！你說英姐臭？你比她臭一百倍、一千倍！人渣的臭屎味！」

細明跪在地上：「求求你！別把影片發出去！求求你！」

「當然沒問題！」我用桌上的文件夾拍拍他的頭：「不解僱英姐，還要付她長期服務金！」

「這不是我的要求，是七佬！七佬要解僱英姐！」細明哭著臉說。

自身有難，立即出賣上司，很符合他的性格。

「我理得你怎樣做！」我說：「總之解僱英姐，我就立即發出影片，再見！」

「不要！求求你！不要！」

我從他的身邊走過，然後回頭跟他說：「不只這樣，我甚至會報警，你犯了盜竊罪！」

然後我走出了經理房，用力關上大門。

「入矢，發生什麼事？」允貞也走了過來：「為什麼細明會跪在地上？」

我奸笑：「沒什麼，只是我……有仇必報，我要他比死更難受！」

委屈

Chapter three

Aggrieved 05

兩日後。

七頭一早叫齊我們整間快餐店的所有員工出席早會，在他身邊，一直像狗一樣跟著他的細明偏偏不在。

「各位早晨。」七頭微笑：「今天開早會，是有事想跟你們宣佈。」

返晏的同事也要早起，大家都沒精打采地聽著他的說話。

「我想跟大家說，副經理因為嚴重違反了公司的守則，所以已經被即時解僱。」

聽到這個消息後，同事們都在竊竊私語，當時，他們都帶著笑容，因為在他們心中，這個尖酸刻薄的狗明被解僱，唱小鳳姐「熱烈地彈琴熱烈地唱」也來不切，他們心中暗喜。

就只有我，笑不出來。

自身有難，出賣伙伴的人，也許不只是狗明，亦是七頭的性格。他把我想「控制」的狗明解僱了，這代表了我的計劃失敗。

不過，更糟的事……

「我們快餐店有一個入職不久的員工舉報了世明，他就是入矢！」七頭用詭異的眼神看著我：「大家給他掌聲！」

在場的人都非常高興，熱烈的拍手。

「入矢，真有你的！」多明碰碰我的手臂。

我勉強一笑。

「因為入矢的舉報，讓我覺得我們快餐店是時候來一個『整頓』，所以以後每星期也要開一次早會。」七頭奸笑。

「什麼？！如果返下午更也要早回來開會？」另一個快餐店的同事說。

「如果前一晚收夜，不就是追更？」廚房的同事說。

「返晏的當然要開，因為我們要來一次有規則的整頓！」七頭說：「而且我們會設立一條……『舉報熱線』，如果發現同事有什麼違反公司規則，一定要舉報，這才是整頓最重要的項目。」

風向……完全改變了。

本來高興地拍手的同事，開始用惡毒的眼神看著我。

「幹！這麼多事幹嘛？」

「誰叫他篤人背脊！」

「正一佗衰家！」

大家開始暗裡咒罵我。

「入矢，這次真的是多得你不少……」多明用藐視的眼神看著我。

七頭是想把對付狗明的我「孤立」，大家會在日常的工作中當我是仇人一樣，看來我太過小看這個有七十五分的人渣！

「七頭……不，七佬，我可以說句話嗎？」我站了出來。

「啊？我們的英雄有什麼想說？」七頭問。

「我覺得其實不需要這樣的『整頓』，如果設立舉報熱線，只會惹來恐慌與互相猜疑，會影響員工的士氣。」我說：「而每星期的早會，會釀成睡眠不足，也會影響工作的效率。」

「現在……」眉尖額窄的七頭，用兇悍的眼神看著我：「分店經理是你，還是我？」

「我知道，我拍下細明偷竊的罪證會影響你……」

「等等，為什麼會影響我？雖然他是我的副手，但我大義滅親，我才不會跟他同流合污。」七頭走向我說：「你是不是有什麼誤會？」

媽的……看來他已經「完全」解決了狗明！不關他的事？誰會相信？

「大家快給我們快餐店英雄一點掌聲！」七頭拍手。

掌聲散落，大家根本不想拍掌。

怎樣辦？

我還有什麼方法可以不讓同事辛苦早起？

還有什麼方法不讓同事在工作時互相猜疑？！

「哈哈！多謝大家！」我擠起了笑容：「其實，我也有責任，我應該先勸喻細明副經理，不應該立即就告發他。」

我根本就沒有告發他，應該是狗明跟七頭說出了這事件，然後七頭決定了反過來咬他一口，同時……

反過來咬我一口！

「啊？你意思是你的做法錯了？」七頭扮無知地問。

「我錯了，任何人應該要有改過自新的機會。」我低下頭說：「對不起，希望七佬經理你可以網開一面，不用改革與整頓，我們一定會好好吸收細明副經理的犯錯經驗，不會像他這樣犯錯。」

「啊？怎樣突然變乖了？」七頭冷笑：「這樣吧，你不是跟我道歉，而是跟快餐店的同事道歉，其實你也說得對，現在你的行為真的很影響我們的士氣！」

去你的七頭！

決定整頓的人是你！不是我！

我轉身看著三十多位快餐店的同事，向他們鞠躬：「是我的錯，對不起。」

他們看著我的眼神帶點不知所措。

「不行，不行！我覺得一點都不夠誠意！你要跪在地上跟他們說才對！」七頭用腳踢我的小腿：

「你雙腳跪下道歉，或者我就暫時不去整頓，嘰嘰。」

大家都知道，七頭在玩我，不過……沒有一個人敢出聲。

「跪吧！」他再次用腳踢我。

我緊握拳頭。

「你是聾的嗎？跪呀！」他繼續用腳踢我。

我大不了不做，為什麼要放下尊嚴？！

我恨不得轉身一腳踢向七頭，再加一拳把他重重擊到！

我深呼吸，準備用緊握的拳頭狠狠地轟在七頭的臉上，就在這時，我想起了*《ONE PIECE》中主角路飛第一次「下跪」，為了拯救病危的伙伴娜美，委屈地在磁鼓王國的國民面前下跪。

呼……入矢深呼吸……

我要像路飛一樣……

委屈就委屈吧……

我慢慢地準備跪在地上。

「入矢！」允貞叫著我的名字：「你不需要跪！也不需要跟我們說對不起！」

除了她，沒有人敢出聲。

我臉容扭曲，把想湧出的眼淚硬收回去！

我雙腳跪地，一字一字說：

「對、不、起，是、我、的、錯！」

其實，我錯了什麼？就是錯了太小看這個七頭人渣！

「哈哈！這樣就對了！」七頭在我耳邊說：「你叫細明做狗？現在你不也是像狗一樣聽話嗎？嘰嘰！」

我咬緊牙關，沒有回答他。

「好了，好了！既然入矢向大家道歉了，整頓就押後再決定！」七頭趾高氣揚地說：「不過，我還有另一個壞消息跟你們說，除了細明被解雇，英姐也因為嚴重違反公司規則，本來會在一個月內被解雇，不過，扣除她積存下來的大假，英姐同樣地被……立即解雇！」

我沒法幫到英姐，現在還要被七頭侮辱！

沒問題的……

沒問題的……

拳頭握緊到把手指甲插入了手心之中……

我跪在地上看著在場的人……

笑了。

好笑了！

七頭皮……

我有仇必報，我必定要你比死更難受……

更難受！！！

*《ONE PIECE》，尾田榮一郎作品，一九九七年至今。

4 LDPE
5 PP
6 PS
7 OTHER

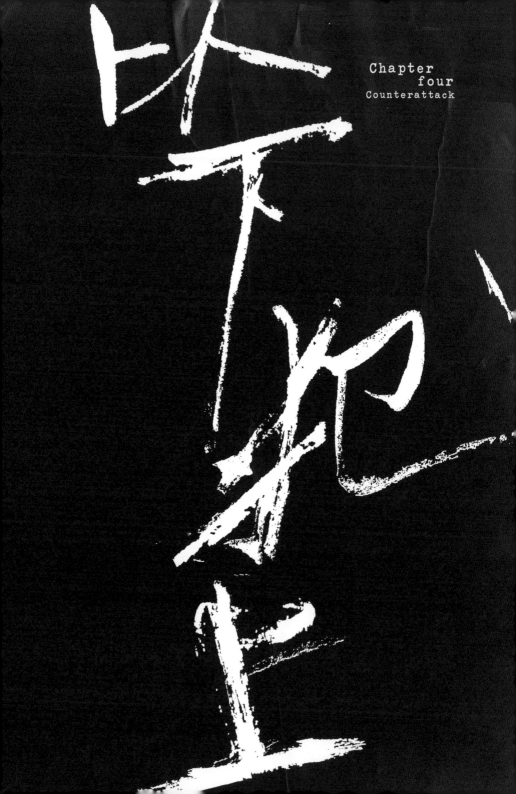

Chapter four

Counterattack

Chapter four
Counterattack 01

下午，落場時間休息室。

「入矢，對不起，剛才我不敢幫你說話。」賢仔說。

「沒事，沒事，我明白你們的處境。」我微笑說。

「只有允貞敢膽說『入矢！你不需要跪！也不需要跟我們說對不起』！」多明說：「我真的沒有這膽量。」

「所以她又被七佬叫到經理房吧。」燒味師傅良哥說。

「入矢，我還是想跟你說，別要跟高層過不去了。」廚房東哥說：「他們根本想怎樣就怎樣，玩死你也行。」

「想怎樣就怎樣嗎？」我狠狠地盯著掛在牆上快餐店的招牌：「未必！他只不過一個區區的門市分店經理而已。」

「唉，入矢我真不明白你。」多明說：「我們打工的，只是想安安分分，每個月有糧出、有假放，你又何必以下犯上呢？」

「如果他們殺死你老母，你也要繼續安安分分？」我看著多明說。

「這……這是兩件事來的！」多明托托眼鏡。

「哈！」廚房東哥搭著多明的肩膀：「就算殺了他老母，我想他還是不敢出聲！」

沒錯，我們都在「強權」之下生活，最可怕的是，我們已經……「習慣了」。

「不然怎樣呢？」多明反駁：「他們出糧給我們，沒有了工作就真的好像被殺死一樣！」

「不不不。」我用手上的廢紙掉向那個招牌：「『明爭』鬥不贏，就要『暗鬥』，暗鬥不代表選擇『妥協』。」

他們看著我。

「我打個比喻。」我指著他們：「有一天，整個集團要我們簽一份『效忠聲明』，他們要我們宣誓永遠效忠這個食品集團，如果不簽署就即時解雇，如果我非常討厭這個集團，那我要怎樣做？」

「如果是討厭，當然不簽吧！」單純的賢仔說。

「嘿，你都傻，我第一個簽，而且是最快簽那個人！」我說：「別要浪漫化、別要逞英雄，我會在這個討厭的集團賺他們的錢，用賺回來的錢幫襯其他的小店，不是更好？我們嘗試過明爭鬥不過，那就改變方法，當他們問我『是不是效忠這個食品集團？』，我當然大大聲說『誓死效忠！』，但……他們又怎知道我心中的真正想法？」

「以退為進。」燒味師傅良哥托著腮說：「以下犯上不一定成功，不成功就先退後，再用其他方法對付他們，我明白你的意思，就好像你剛才跪在地上時一樣，先放下尊嚴，忍辱負重，保護其他的員工。」

「還有我！」賢仔說：「入矢之前大可以不向細明道歉，不過他為了我的工作，他選擇先忍氣吞聲。」

「然後就把狗明趕走！」廚房東哥說。

「我明白了，不過我真的沒法做到像你一樣。」多明說。

我想起了*《火影忍者》裡的一個壞人角色宇智波鼬，他忍辱負重借屠族的罪名投靠了「曉」組織，為的是幫助火影木葉村，還有自己的親弟弟宇智波佐助。

他們不是我的兄弟，不過也是值得幫助的人。燒味師傅良哥五十二分、廚房東哥五十四分，全快餐店，除了經理級，最高分的已經是多明五十七分，他們不算是什麼大好人，不過也不像七頭那些人

渣。

此時，允貞回到休息室。

「允貞！怎樣了？」多明說：「那個鹹濕七頭又摸妳嗎？」

「嗯，他還想叫我坐在他的大腿！又說什麼性暗示的……」允貞說：「還好我說有事要忙，匆匆忙就走了！入矢，他跟我說別要站在你那邊，沒有任何好處。」

「我？」我指著自己。

「都是你入矢！讓允貞被那個……」喜歡允貞的賢仔說。

我阻止了他說下去，然後走向允貞：「妳想不想『改變現況』？我曾經叫妳幫助我，妳記得嗎？」

他們一起看著我，我的嘴巴上露出了一隻犬齒，我奸笑了。

「妳會幫助我一起對付這個人渣嗎？」我重複。

*《火影忍者》，岸本齊史作品，一九九九年至二零一四年，全七十二卷。

幾天後。

要「利用」別人，先要讓他們「相信」。

快餐店下班後，我帶著金允貞、周多明、賢仔來到了我的「停留二手漫畫店」，把我加入快餐店的事告訴他們，還有我可以看到「人渣成分指數」的事。

「是高美子幫我看著二手漫畫店，雖然漫畫店已經抵押給證券公司，不過我還可以繼續營業。」我給高美子一個讚的手勢。

「我覺得找出濤鴻自殺的原因更重要！」高美子說：「所以我辭掉了本身的工作，幫助入矢。」

「妳真的是太好了！」允貞說：「沒想到濤鴻的死是跟愛瑞食品集團有關。」

「等等……」多明托托眼鏡：「你說我的人渣成分指數是五十七分，不就是你們之中最高？」

我拍拍他笑說：「還未到六十分，你也別介意，只是他們都比你低分而已。」

「我有三十八分！」賢仔高興地說：「我比你們低分，我反而很開心！」

「我想問你們三個一個問題。」我認真了地來：「你們真的相信我嗎？」

他們三人互望，然後點頭。

「我覺得世界上總有一些擁有特殊能力的人。」允貞說：「而且你也沒必要欺騙我們。」

「對！入矢是好人！我相信！」賢仔說。

「憑你說濤鴻的事，我覺得不會是假的。」多明說：「不過，我反而想知道你為什麼要告訴我們？」

「因為入矢相信你們。」高美子替我回答：「而且他知道你們會相信他。」

「別把我說得這麼偉大，我只不過是想得到你們的幫助。」我說。

其實我就是「利用」他們吧。

「你想怎樣做？」允貞問。

「濤鴻的事，我從快餐店的同事口中沒有打探到什麼情報，而狗明我也有問過了，也沒得到有關消息，所以我下一個目標是……」我說。

「七佬！」多明大叫。

「沒錯，我會一步一步以下犯上，找出濤鴻自殺的原因！」我自信的表情再次出現：「當然，對付這些人渣也是我的計劃之一。」

「不過，七佬不是好對付的，不是嗎？入矢你也被他玩了。」賢仔說。

「對！如果他知道我們在合作，如果出現問題，會不會連我們也被解僱？」多明也在擔心。

「我只是敗了一場，沒問題的。」我笑說：「別忘記，我可以看到每個人的『人渣成分指數』。」

「入矢，老實說，就算你可以看到人渣分數，又如何呢？你怎可以對付七佬？」多明說出了重點。

「又如何？我自有方法。」看來多明太小看我的能力：「我有仇必報，我必定要他比死更難受！」

「那下一步呢？」允貞問。

我指著她。

「我？」

然後，我在袋中拿出一個針孔偷拍攝錄機放在她的掌心，然後合上她的手掌。

我在她的耳邊說，其他人聽不到。

「深水埗買的，幾百元貨仔而已，而它可以幫我讓七頭死得永不翻身！」

「妳要我做什麼？」允貞在我耳邊問。

「我要妳拍下七頭摸妳時的畫面！」

她瞪大眼睛看著我。

其實……我在說謊。

不過，也罷，當他們知道我的「真正計劃」時，他們一定會明白我的用意！

Chapter four

Counterattack 03

一星期後。

我叫金允貞。

學業不好的我，畢業後沒有選擇進修，就決定出來工作，美輪快餐店已經是我第五份工作，而且是我做得最長時間的一份。

我的朋友曾經叫我做陪酒，甚至是用身體來換金錢，她們說以我的外表，一定可以賺到很多錢。

不過，我不喜歡。

我不覺得朋友做這些有錯，每個人都有不同的價值觀，只是我純粹不喜歡用自己的外表去換取金錢。朋友都說我會後悔，在最美最年輕的年紀，卻躲在一間快餐店之中。

唔……我才不覺得是如此！

我很喜歡這份工作，除了討厭的經理以外，其他同事都對我很好，大家都當我是小妹妹去看待。

而且……入矢的出現，讓我更加想繼續在快餐店做下去。

我上星期才知道他加入快餐店的真正原因，而且知道了他有一種可以看到人渣分數的能力。我不知道為什麼我一聽他說有這能力就立即相信了，我只是覺得他是一個值得相信的人。

起碼他願意幫助朋友濤鴻哥找出自殺的真相，現在的社會，還有多少人會這樣做？

入矢的年紀應該有比我大六七年，不過，他的外表完全看不出來，而且我很喜歡他經常因為笑而露出的犬齒，有時像吸血僵屍，而且他那扭曲的表情，我真的很喜歡！

啊？我怎麼會說到他的外表？算了。

入矢要我把針孔偷拍攝錄機放在七佬的經理房，然後拍下他性騷擾我的畫面，利用這些影片把七佬逼到走投無路。

我會拒絕？

不，我覺得很有趣！

我沒想到在我的平淡生活中，出現了這樣的劇情！我就誘惑一下那個大淫蟲吧！

嘻嘻！或者我其實做陪酒員也不錯！

今天七佬又叫我到他的經理房。

「允貞，來了嗎？」他在看著電腦。

我靜悄悄地把針孔攝影機放在拍到他的位置，然後走向他。

「找我有什麼事？」我問。

「我的電腦有問題，快過來幫我看看。」他笑說。

「不是可以叫電腦部同事幫忙嗎？」我說。

「如果找電腦部同事過幾天才會來，太慢了，應該很簡單的，妳來幫我看看！」

「知……知道。」我扮作合作。

他的笑容就像看到我沒穿衣服一樣淫邪。

我走到他的身邊，有心地彎下腰挺起臀部用滑鼠嘗試控制他的電腦，此時，他的手指已經在我的背上遊走！平時我一定會立即縮開，不過，這次……攝影機在拍著！

「看來……好像中毒了。」我說。

「是嗎？中毒了嗎？要不要打針？」他輕輕摸我的臀部：「妳會穿著護士服幫我打針嗎？」

「呀！」我立即嬌聲地叫著。

「我不小心碰到妳了！不過我最喜歡妳的叫聲！」他的口水像快要流下來。

我繼續操控著電腦，感覺到他在我身後嗅著我的頭髮。

死變態佬！

然後我感覺到有東西在背後頂了我一下！

「呀！」我再次輕輕一叫。

我立即轉身，死變態佬剛剛用他的下身貼著我的臀部！我真想像入矢一樣，扭曲著臉容，然後大罵他！

「允貞真的愈大愈漂亮呢。」七佬用手摸我的臉。

忍著！忍著！

他頭伸向我，在我的頸部嗅了一嗅：「允貞，你真的很香，是少女的味道。」

「對不起！我不懂怎樣弄！我還是先走了！」我還是做不到誘惑他的行為。

「等等。」他拉著我的手：「妳的制服好像鬆了，要不要幫你再訂一套新的，舊的就給我吧。」

「不……不需要了！」我真想一手打開他的臭手。

他另一隻手想慢慢移到我的胸前，我立即縮開。

「我先出去了！」

「真的不需要嗎？」

「不需要了！再見經理！」

臨走前我再看看放著針孔攝影機的位置，應該可以拍到，沒問題的！

入矢，我幫助你，你一定要請我吃飯！

死鹹濕佬，入矢一定可以幫我報仇的！

我笑著離開經理室。

以下犯上

Chapter four

Counterattack 04

三天後。

允貞已經完成了她的任務，昨晚我還請她了吃飯，嘿，這個小妹妹的確是很吸引。

就在此時，我換好了制服從廚房走回樓面時，我看到一個小女孩站在廚房的後門。

我走了過去。

「妹妹，妳走錯路了，這裡是美輪快餐店的後門入口。」我說。

「美輪快餐店嗎？對啊，沒有走錯，我是來找爸爸的。」她說。

「妳爸爸？」我看著她，大約是四五歲左右：「你爸爸是誰？」

「他說你們都叫他發叔。」女孩說。

「原來是發叔的女兒！」我指著廚房的入口：「妳從那道門走，經過走廊有幾間房間之後，在樓面就可以見到他。」

「謝謝你，叔叔！」她說完就走。

什麼叔叔？叫聲哥哥不行嗎？

廚房東哥看了一眼小妹妹問：「入矢，她是誰？」

「沒什麼，借廁所用。」我笑說。

東哥給我一個無奈的表情，然後繼續工作。

我看看手錶，是時候準備工作，媽的，我真的好像已經完全習慣了快餐店的工作。

每一本漫畫書的主角，都好像能夠在故事中找到自己的工作與崗位，比如*《我的英雄學院》的男主角綠谷出久，他找到做英雄的工作，又例如*《BLEACH》中的黑崎一護成為了代理死神的崗位，每個主角都有屬於自己的「本命」工作。

我呢？快餐店就是我的「本命」工作嗎？

「嘿，鬼叫你窮呀！頂硬上！」我離開廚房。

他以為我什麼也不做嗎？每天都是上班、下班？

錯了。

計劃繼續進行中。

允貞……對不起了。

同日下午。

金允貞又被叫到經理房。

沒問題，正好是她回收攝影機的時候。

她走到經理房打開大門，第一時間就是看著放針孔攝影機的位置。

「什麼？」她瞪大了眼睛，在心中暗念：「為什麼攝影機不見了？」

「啊？允貞妳來了嗎？嘰嘰。」今天的七佬，樣子比平時的更淫邪：「妳在看什麼？」

「沒……沒有！」允貞心跳加速。

「妳不會是在看那台……針孔攝影機吧？」

允貞說不出話來……原來七佬已經發現！

「什麼……什麼針孔攝影機？我不明白你在說什麼！」允貞在狡辯。

七佬走近了她，口臭的味道直入鼻子：「還好有人跟我說了，不然我真的會被妳擺了一道！」

允貞心想，是誰告訴了七佬？！

「妳以為『他』是一個可信的人嗎？」七佬奸笑：「看來妳真的太天真了！」

……

…

．

兩小時前。

入矢在洗手間跟七佬撞上。

「怎麼四處都見到討厭的人？」七佬在尿兜前拉下褲鏈。

「七經理，我想跟你聊聊。」入矢說。

「我跟你有什麼好聊？」七佬板起了臉。

「等等。」入矢把洗手間門關上。

「你想怎樣？！」

「不不不，小人已經想清楚了，我還是不跟你對抗比較好，希望你大人不記小人過！」入矢說。

「嘰嘰，你以為我就這樣放過你嗎？」七佬指著他：「我要你未來日子在快餐店不會好過！」

「不要這樣！我可以為你做任何事！別要把我當成你的敵人！」入矢非常驚慌：「不如這樣吧，我偷聽到一個秘密，是關於允貞與你。」

「允貞與我？什麼秘密？快說！」七佬大叫。

「但……」入矢面有難色：「你可以大人有大量放過我嗎？我可以做你身邊的一條狗！」

「叫兩聲來聽聽！」

「汪汪！」入矢毫不猶豫地照做。

「真乖！」

入矢經常說細明是狗？

現在他的樣子比狗更狗！

*《我的英雄學院》，堀越耕平作品，二零一四年至今。

*《BLEACH》，久保帶人作品，二零零一年至二零一六年，全七十四卷。

以下犯上
Chapter four
Counterattack 05

入矢扮完狼狗叫，又扮著小狗西施叫。

「夠了，夠了，嘰嘰，真乖！好吧，你快跟我說什麼秘密，說了我就讓你做我身邊的狗！」

入矢走到他耳邊說：「聽說那個允貞把針孔攝錄機放在你的經理室內。」

「什麼？！」

「她說想拍下你非禮他的罪證！」入矢說。

「我那有非禮她，我只是……」七佬差點說漏口：「這是真的嗎？」

「千真萬確！我在休息室中偷聽到的！小心這個女生，她總是笑裡藏刀，她想害死你！」入矢好笑：「你回到經理房看看就知道了！」

「豈有此理，這個賤女人！」七佬突然淫笑：「很好，入矢你向我告密，你已經可能成為我身邊的一條狗了，以後有什麼同事說我壞話，你第一時間告訴我，知道嗎？」

「知道，七經理！」入矢打開了洗手間的門，邀請七佬離開：「七經理，未來你一定要好好看著小弟！」

七佬離開洗手間，看了入矢一眼：「嘿，真是一頭聽話的狗！」

入矢伸出了舌頭微笑。

……

…

．

經理房內。

「入矢他……」允貞整個人呆了。

「他把妳的事都告訴我了，哈哈！」七佬摸著她的臉頰：「為什麼要偷拍我呢？要不要在床上跟我一起玩玩拍片？」

允貞完全沒想到入矢會出賣自己！她泛起了淚光，想離開經理房。

七佬捉著她的手臂：「小賤人，這樣就想走了嗎？妳偷拍我的事，不需要向我賠罪嗎？」

允貞腦海中只出現了入矢的樣子，她不會相信入矢為了得到七頭的信任而陷害她！

她要向入矢問過清楚明白！

她揈開七佬的手，衝出了經理房，走出樓面，入矢正在工作。

「為什麼？！」允貞問。

「什麼為什麼？」入矢反問。

「為什麼你要陷害我？！」允貞的眼淚流下。

她的眼淚，除了是因為被陷害，還有是因為相信了一個不應該相信的人！

相信了一個自己有好感的男人！

「啊？」入矢明白她說什麼：「我沒跟妳說嗎？其實……我也是人渣！嘰嘰！」

「啪！」

一巴掌打在入矢的臉上！

全場人都看著他們兩人！

允貞轉身離開，多明走了過來問：「發生了什麼事？」

「沒什麼，沒什麼！」入矢摸著自己的臉頰：「一個入世未深的女生，在發小姐脾氣而已。」

「發小姐脾氣？」

「就讓她好好上一課吧，哈！」入矢看著允貞離開的大門：「別要輕易相信別人！」

多明看著表情奸險的入矢，有一份心寒的感覺！

允貞走出了快餐店，她的眼淚沒法控制地湧出。

她不知道自己在傷心什麼，她只知道自己非常心痛。

這種心痛，就如失戀的感覺。

允貞坐到快餐店附近的一張長椅坐下來，她抹去臉上的淚痕，心中在想……

入矢正一衰人！

入矢也是一個人渣！

……

…

．

兩天後。

警察到來了快餐店，究竟發生了什麼事？

以下犯上

Chapter four

Counterattack 06

經理房內，允貞只穿著性感的內衣，坐在沙發上。

「嘩，少女的肉體太完美了！」七佬走向了允貞。

「不要過來！」允貞用手遮著胸前。

「允貞，妳很香！沒有噴香水也很香，這就是少女的體香！」七佬口水也流下，嗅著她的身體。

口水滴在允貞的大腿上。

「不要！很噁心！」

此時，她看到在一旁抽著煙的入矢。

「入矢！救我！」她大叫。

入矢掉下了煙頭說：「救妳？我怎救妳？快脫下內衣吧，我也想看看，哈哈！」

「入矢你……你……」

「來吧！我的寶貝允貞！」

七佬的舌頭已經在允貞的面前！

允貞大叫，卻沒有其他人可以聽到！

就在此時，電話響起！

同時允貞也醒了！

允貞全身是汗，她拍拍自己的臉頰。

「怎會發這些夢！允貞妳正淫娃！」她在自言自語。

因為被入矢玩弄非常傷心，所以允貞請了兩天假，沒有上班。

她看看手機，是多明打給她。

「怎樣了？我今天放假！」允貞生氣地說。

「不是啊！發生了大件事！妳快點回來！」多明非常緊張。

「發生了什麼事？」

「快餐店……快餐店來了很多警察！」多明說。

快餐店的廚房內。

警察在跟快餐店每個員工錄口供。

「上星期有沒有一個大約四五歲的女孩來過？」警察問。

「四五歲女孩？」廚房東哥回憶著：「有！當時我問過我同事，他說那個小妹妹是來借廁所。」

「你同事？是誰？」警察問。

「他！入矢！」廚房東哥指著入矢。

「好的。」

警察走到入矢的面前：「你有見過那個小女孩嗎？她有沒有說什麼？」

「她說是來借洗手間，我還說她走錯路，不過見是小女孩，就讓她從廚房走去洗手間了。」入矢說：「不然她在廚房瀨尿就麻煩了。」

為什麼入矢要說謊？女孩不是發叔的女兒嗎？她不是來找發叔？

「之後你看到她去了洗手間？」警察問。

「我沒有跟著去，因為要出去樓面工作。」入矢在回想著：「不過，我好像在走廊中見到她，她走錯了，走入了經理房。」

「她走入了經理房？」警員停下了抄寫：「你為什麼不跟她說走錯了？」

「經理房有七經理在，他會跟小女孩說走錯吧。」入矢不以為意地說：「他一向都很喜歡小孩。」

「先生。」警員認真起來跟入矢說：「麻煩你跟我們回到警署協助調查。」

「什麼？為什麼要去警署？」入矢吃驚：「我犯了什麼事嗎？」

「不，不是你犯了事。」一個高級女警員走了過來：「我們需要你的證供，我們懷疑在你們快餐店發生了兒童性侵犯罪案。」

「什麼？」入矢更驚訝：「兒童性侵犯罪案？」

「麻煩你合作協助調查。」女警員說。

「我最討厭那些性侵兒童的……『人渣』！我跟妳回去！」入矢憤怒地說：「我一定要讓那些人渣……比死更難受！」

以下犯上

Chapter four

Counterattack 07

一天前。

天主教幼稚園。

幼稚園老師跟兩位家長神色凝重，在討論著某些事情。

「陳生，陳太，我覺得我們應該報警，因為這是非常嚴重的事件。」幼稚園老師說：「這樣對小英來說是最好的。」

兩位家長考慮了一會，決定了報警處理。

今天上學，他們的女兒陳彩英整天也表現得很奇怪，還會突然哭泣，老師一問之下，發現了在彩英身上，發生了不得了的事，老師決定通知她的家長，還有報警。

很快，兩位女警已經來到幼稚園，他們跟老師與家長聊過後，決定先向彩英了解事件。

「小妹妹，我是捉壞蛋的警察姐姐，姐姐想問妳一些問題。」女警用溫文的語氣說：「妳叫什麼名字。」

女孩天真地看看自己的父母，因為父母說過不能跟陌生人說話，父母輕輕點頭。

「我叫陳彩英。」

「彩英今年幾多歲？」

「四歲半。」

「很好。」

女警看了同袍一眼，然後另一個女警問小女孩：「妳跟姐姐說，昨天妳看到了什麼？」

小女孩再次看著老師。

「彩英乖，姐姐是好人，妳就跟她們說吧。」幼稚園老師擠起了笑容。

「知道。」彩英回看女警：「那個叔叔脫下了褲子。」

「脫下褲子之後呢？」女警小心地問：「那位叔叔有沒有說什麼？」

「他說摸摸他的小棒棒就會變大。」彩英說。

兩位家長看著女兒的表情非常痛苦。

「然後彩英做了什麼？」女警問。

「我摸著他的棒棒，然後……然後……」

「不用怕，慢慢說。」女警微笑。

小女孩點頭：「然後叔叔的棒棒變大了，升起來了。」

「正人渣！」彩英的爸爸非常憤怒。

女警多問了一點資料後，決定暫時不讓女孩再想起可怕的回憶。

老師先帶走了彩英，然後兩位女警跟陳生陳太討論。

「你們要幫我捉到這個人渣！」陳生非常生氣。

陳太也流下了眼淚。

「請放心，我們一定會把犯人繩之於法。」

女警跟陳生陳太解釋查案的步驟後，說明天正式進行調查。

兩個女警回到警車上。

「現在香港愈來愈多變態佬，小女孩也要搞。」A女警說。

「不過……」做事比較謹慎的B女警說：「會不會是女孩說謊？」

「一個只有四歲半的女孩，純真的女孩，她怎會說這樣的謊？」A女警說：「我來問妳，妳四歲半時，會不會懂得什麼『小棒棒』？」

「當然不會！」

「一個小女孩絕對不會說謊！明天我們一起去捉那個變態犯！」

「好！」

ＸＸＸＸＸＸＸＸＸ

第二天下午。

入矢被到警署協助調查。

「七經理平時很愛小孩，都對他們特別好，沒想到他會做出這種事情……」入矢不斷搖頭。

「這個社會有太多人面獸心的人。」女警說：「你還有什麼有關張戶七的資料提供？」

「有，不過……」入矢欲言又止：「我怕說了連工也沒得做！」

「如果你提供的資料有用，但你選擇不說，我們沒法把他入罪，可能會有更多的孩子會受到同樣的傷害！鍾先生，你不是說過最討厭性侵兒童的人渣嗎？」

「我明白了。」入矢堅定地點頭：「其實，我曾經無意中發現在經理房中，有人裝上了……針孔攝錄機！」

以下犯上

Chapter four

Counterattack 08

三小時之後。

我留在警署，等待進一步協助調查，我在警署內的食堂等待著，我坐在沒其他人的一角。

我打電話給允貞。

「入矢！」允貞非常緊張。

「妳附近有沒有其他人？」我問。

「沒有！」她帶點生氣：「究竟發生了什麼事？」

「聽清楚，如果有警察找妳錄口供，絕對不能說出攝錄機的事！」我認真地說。

「為什麼？」

「妳說自己完全不知道就可以了，知道嗎？」

「但……我不明白！」

「我會再跟妳詳細解釋！」

她靜了下來。

「妳……相信我嗎？」

她依然沒有回答我。

良久，她終於說話。

「我相信你！」

「很好。」我看到那個女警走向我：「不說了，我再聯絡妳，再見！」

我收線後，女警已經走到我面前：「鍾先生，多謝你的提供，我們在張戶七的經理房中，找到了一個針孔攝錄機，我們在攝錄機的儲存卡中，找到了他性騷擾你公司一位女同事的影片。」

「真的嗎？他性騷擾誰？」我扮作驚訝。

「對不起，我們不能跟你透露更多的詳情。」女警說。

「我明白的。」

「不過，我們沒有發現張戶七拍下侵犯女孩的片段。」女警說。

「他是一個很小心眼的人。」我低下頭說。

「什麼意思？」女警對我的說話很在意。

「七經理是一個做事很小心的人。」我表情變得嚴肅：「他拍下影片或者是用來『回味』，如果是拍下女同事，就算被人發現也只是小罪名，不過，如果是被拍下侵犯兒童的片段……」

「你意思是他收起了針孔攝錄機？因為怕如果被發現，會很危險？」女警問。

「對，我說他做事小心就是這意思！」我用力地點頭，一拳打在桌面：「這個七經理正人渣！我一直也看錯他了！」

「放心吧，他侵犯女同事的影片已經是很有力的證據，證明他人格有問題，而且女孩也一口咬定是張戶七的所為。」女警說：「我們一定可以把他入罪！」

「太好了！」我用力地向女警鞠躬：「謝謝妳們把這個人渣繩之於法！」

她看不到……

她看不到我低下頭鞠躬時，那個快要禁不住的笑容！

嘿嘿嘿嘿嘿嘿嘿嘿，我有仇……必報！

……

…

.

快餐店因為今天發生的事，結果要暫時關門。

我從警署離開後，回家洗了個澡，然後開車到允貞的家樓下等待著她。

等了二十分鐘，允貞從大廈走出來，她走到我車的旁邊。

「上車。」我說。

「鍾入矢！」她生氣地說：「你不說清楚，我一定會報警告發你！」

「嘿嘿，攝錄機是妳放的，妳告發我不就是告發妳自己？」我奸笑。

「你……」

「上車吧，我會跟你解釋清楚。」我打開了車門。

「你不說清楚我才不會上……」

「對不起。」

我沒等她說完，說了一句「對不起」。

她呆呆地看著我。

沒錯，對付像她這樣的女生，不需要說太多，一句對不起已經可以代表了……

「我的心意」。

「你車上有沒有裝偷聽器之類的？」允貞好像在揶揄我：「其實你是不是特攻？是誰派你來的？」

「嘿嘿，特攻？」我開心地笑說：「妳錯了，我是*《鋼之鍊金術師》，加入了軍政府成為了鍊金術師！」

「你還在說笑！今天我到警署錄口供，真怕被揭穿！」允貞還在生氣：「入矢，快把所有事都告訴我！」

「怕什麼？就算七頭說是妳把針孔攝錄機放下，他有什麼證據？說是我告訴他？別傻了，最想他死的人是我，而且又會有誰會相信一個侵犯兒童的人渣？」我說：「等等，我們到一個沒人的地方，停下車再跟妳說吧。」

我們來到了西貢的西灣沙灘，附近有一個西灣營地，有不少人都會從營地又或是西灣村來沙灘吹吹海風。

我們下車，走到沙灘坐下來，不遠處有一班年輕人在玩水。

「年輕真好。」我說。

「你現在很老嗎？這麼感慨？」允貞說。

「當妳跟我一樣可以看到每個人的人渣指數，妳就會明白我的心境會比正常人活多好幾倍。」我吐了煙圈：「不過，我外表當然比實際年齡年輕吧，嘿。」

「好了好了，我知道你生得年輕了，可以跟我說了嗎？」允貞說。

「一切發生的事件……都是我的『計劃』。」我把一罐啤酒給她：「我要這個七頭比死更難受。」

「我不明白，你是怎麼做到這地步？為什麼要我放下針孔攝錄機，然後又要告發我？」允貞問：「當時我以為你真的出賣我，才打你一巴掌……」

「不，妳打得好，這樣才夠真實！」

我的「計劃」就是要讓七頭「入罪」，以性侵犯兒童的罪名入罪。

「其實我是利用了妳，我不是想拍下妳被佔便宜的影片來威脅七頭，我只是想用影片來做成『證據』。」我說：「一個性侵犯兒童的人渣，過去曾侵犯其他人的『案例』。」

「就算是這樣，你應該一早跟我說吧！你完全把我騙了！」允貞說。

「難道我跟你說，我會利用一個四五歲的女孩來完成我的計劃？」我看著她：「如果我這樣說，妳會幫助我嗎？」

允貞想了一想：「一定不會！等等，那個小女孩……」

「不不不！」我微笑：「我當然不會讓她被七頭侵犯，就算我不是什麼好人，也不是這樣的人渣。」

「但怎可能的？一個只有四五歲的女孩，就算是你教她，也不可能做到這個地步。」允貞在思考著：「而且你又怎知道七佬會把針孔攝錄機留在經理室？然後又被警察找到？」

「很簡單的推理而已。」我說：「七頭不會把針孔攝錄機帶回家，也不會隨身攜帶著吧？而且每當他不在經理房時，房間都是鎖上的，這證明他意識到經理房是安全的地方，還有，這個人渣還有機會利用這個針孔攝錄機來做真正的偷拍也不定，所以，針孔攝錄機一定留在他的經理房。」

「入矢，你是*《名偵探柯南》嗎？」允貞聽我的分析說。

「我更像*《金田一之少年事件簿》漫畫中有智慧的壞人角色，嘿。」我指指自己的腦袋。

我的整個計劃。

我先要允貞放下針孔攝錄機，拍下七頭佔便宜的畫面，然後我告訴七頭允貞的所作所為，為的是要讓他「自己收起」針孔攝錄機。

當日，小妹妹出現，我安排她從廚房走入快餐店，當然，她說自己是發叔的女兒都是假的，都是我們的計劃，而且當時廚房東哥也跟我做證，一起見過小妹妹。

為什麼七頭沒拍下小妹妹走入經理房的畫面？

當然，因為小妹妹根本沒有走入過經理房，也沒有被侵犯，她的說話……

全都是在說謊。

然後，就如我跟女警說的，根據邏輯思考，謹慎的七頭才不會拍下自己更嚴重侵犯兒童的證據，所以才沒有錄下畫面。

「合情合理。」我說。

「真的……」允貞認真地說：「很完美的計劃。」

「不，不完美，因為還有一個問題。」我說。

「是什麼？」

我看著海風吹起允貞的頭髮。

「如果妳最後不相信我，所有事都會被揭穿了。」我說：「妳才是關鍵。」

沒錯，我是在賭允貞的信任。

＊《鋼之鍊金術師》，荒川弘作品，二零零一年至二零一零年，全二十七卷。

＊《名偵探柯南》，青山剛昌作品，一九九四年至今。

＊《金田一之少年事件簿》金成陽三郎、天樹征丸作品，佐藤文也作畫，一九九二年至今。第一部《File系列》全二十七卷、《Case系列》全十卷、《短篇集》全六卷；第二部《新系列》全十四卷、《二十周年系列》全五卷、《R系列》全十四卷，最新作為《金田一三十七歲之事件簿》。

「我當然不會說，因為是我放下針孔攝錄機的人！」允貞避開我的眼神。

才不是，她其實可以告訴別人通通都是我的安排，多明與賢仔都可以作證，我的確是正在密謀對付七頭。

最後，允貞選擇了相信我。

「警方找到了針孔攝錄機就是『物證』，還有小妹妹的『證供』。」我想起了他叫我扮狗叫的一幕：「這次七頭……死、定、了！」

「根本不可能！」允貞說：「就算我相信你，我怎相信一個只有四五歲的小女孩會說這樣的大話？她還要懂得跟父母與老師告密，四五歲的女孩怎可能會懂得做這場戲！」

我看著滿臉懷疑的她，傻笑了。

「你笑什麼？！」

「你以為小孩就不會說謊嗎？才怪。」我說：「世界上說得最多謊言的，就是小孩！」

我們都被電視電影等影響，把孩子美化成天真無邪天使的化身，其實，世界上最邪惡的人，都是由小孩子開始。

「我不相信！一個四五歲的小女孩怎可能會做出這樣的事！」允貞堅持她的想法。

我搖搖頭：「彩英……的確是可以毀掉世界上任何一個『男人』。」

陳彩英就是小女孩的名字。

用對付七頭的方法，去毀掉世界上所有男人。

你會相信一個四五歲不懂說謊的受害者小女妹？還是一個中年男人？

「允貞。」我認真地說：「我的人生中，認識的人最低分一位是二十六分，她是一位修女，小時間經常幫助我，她就像我的父母一樣，而在我認識的人之中，最高分的也是最近在教會中認識的，『那個人』有……八十二分。」

「八十二分？不就是比七佬更高？」允貞說。

「對，別要以為只差七分這麼少，他們就沒什麼分別。」我說：「這『七分』在我的人渣成分指數中，已經是天淵之別。在我認識的人之中，就只有三個人八十分以上，一個是姦殺女人的強姦犯，而另一個是殺死自己父母的殺人犯。」

「第三個呢？」

我沒有說出答案，我只是看著她。

她皺起眉頭。

不久，她終於想到。

「不會吧？」

「對，所以我們根本不可能從外表中看到哪個人是人面獸心，哪個人是衣冠禽獸。」我說：「通常最高分的人，都不可能像七頭、狗明那些人一樣，從外表就可以分辨出來。這些高分的人，他們都擁有個人的魅力、領導才能，甚至是……惹人憐愛的外表！」

第三個我認識超過八十分的人，而且，是我「認識的人渣排行榜」中最高分的人……

這個人就是……

四歲半的陳、彩、英！

允貞用手掩著嘴巴，完全不肯相信我的說話。

多明曾說我「能夠看到人渣分數」的能力沒用？錯了，是非常有用，至少，我可以利用「他們」，利用他們的「邪惡」去對付另一個人渣！

「她……那個小妹妹為什麼會幫你？」允貞問：「一個只有四歲半的女孩，有什麼是她想要的？你用了什麼利益才讓她說謊？你用了什麼方法讓她撒下這個能夠把人推入地獄的謊言？」

「很簡單，因為彩英也想看著另一個人……『比死更難受』。」我苦笑：「還有……麥提莎。」

「麥提莎？」

人渣

4 LDPE

5 PP

6 PS

7 OTHER

Chapter five

上位怪物

第二天早上。

我來到彩英的家，因為我們都是在同一間教會，而且我又在快餐店工作，順理成章來慰問一下他們一家人也是合理的事。

「入矢，謝謝你給警方提供的證據。」陳生說。

「不用謝，我只是把真實的事說出來。」我微笑。

「希望那個人可以得到應有的懲罰。」陳太說。

「陳太，放心吧，警方一定可以把那個喪心病狂的經理入罪！」我認真地說。

此時，彩英走向我們。

「彩英，快跟入矢哥哥打個招呼。」陳太溫柔地說。

「入矢叔叔，你好。」彩英笑得很甜。

死𡃁妹，又叫我叔叔，嘿。

「我想跟叔叔到花園玩，可以嗎？」彩英看著她的父母。

「去吧。」陳太微笑地看著我：「在教會中，彩英特別喜歡你。」

「當然！我是世界上最正義的大哥哥，彩英對不對？」我扮成超人的手勢。

「不是大哥哥啊！是大叔叔，嘻嘻！」

死𡃁妹……

「好吧，我們去花園打鞦韆吧！」我說。

她的小手拖著我，我們一起走到花園去。

現在，只有我們兩個人。

「家中有花園有鞦韆，彩英妳知道嗎？在香港不會有太多人像妳家一樣富有。」我說。

「富有也不關我事啊！而且都不好玩！嘻！」她天真地說。

如果是普通的小女孩，我會覺得是天真無邪的說話，不過，我在她的臉頰上看到「八十二」的數字，讓我覺得她每一句說話都好像「蘊含」著另一個意思。

我把她抱上鞦韆。

「我有跟你的說話去做，對著他們我都哭了。」彩英說：「就像電視劇的女主角姐姐一樣啊！」

「我知道，而且妳比我想像中做得更好。」我說。

其實我想說「比我想像中更壞、更懂演技」，不過，算了。

「那個人會怎樣？」她問的是七頭。

「應該會坐監，而且侵犯兒童的人，在監獄中不會好受。」我說。

「太好了！」她高興地說：「快推我！快推我！」

太好了？嘿，看來，她真的是從心底裡的快樂。

「麥提莎呢？」她一面在半空盪著鞦韆一面說。

「什麼？那天不是已經買給妳了嗎？」我說。

「我有說過只送一盒給我嗎？」她說：「先停下來啊！」

我把鞦韆拉停，然後她轉頭看著我，那個邪惡的眼神，出現在一個只有四歲半的小女孩臉上，讓我有一份心寒的感覺。

「下次到教會，你要買麥提莎給我。」她說。

「小朋友，不能吃太多甜……」

她裝出一個想哭的樣子：「入矢哥哥……想摸我……摸我的下體……」

「好了！好了！」我完全沒法招架：「每次跟妳見面，都買給妳吃，這樣可以了嗎？」

「好啊，好啊！入矢是好哥哥！快繼續推我吧，嘻！」她又再次笑起來。

現在有朱古力吃、有「利益」，又開始叫哥哥了嗎？

這個妹妹真的是……我看著她細小的背影。

我真不敢相信，她長大後會變成一個怎樣的人，一個……

怎樣的「人渣」。

我想起了那個「九十三分」的……

人渣之中的人渣。

離開彩英家之後，我先回家休息。

雖然快餐店還要關門幾天，不過，今晚我要回去，因為我還有更重要的事要處理。

晚上，快餐店沒有其他人，只有我、允貞、多明、賢仔，還有……七頭。

七頭暫時保釋外出，身分仍是被捕人，他現在唯一的方法，就是希望我們可以幫助他。

這是最好的機會，我可能問到更多有關濤鴻的事。

「入矢，快餐店的閉路電視全部都關了。」多明跟我報告：「燈光也校到最暗。」

賢仔搜完七頭身後說：「沒有，他身上沒有偷聽器之類的東西，電話我也收起來了。」

「很好。」我看著七頭：「嗨！」

「入矢，你要救救我！他們說那個針孔攝錄機是我放的，而且還說我性侵犯……」

「扮狗叫。」我打斷了他的說話。

「什麼？」七頭呆了一樣看著我。

「唔……先扮北京狗，然後是雪橇，之後就德國牧羊犬……」

「入矢，你想我怎樣？！」七頭大叫。

「去你的！你不是叫我扮狗叫嗎？我也扮了，為什麼你不扮一下？」我比他更大聲。

「求求你！別要這樣！針孔攝錄機根本不是我放的，是她！允貞這個小賤人！」七頭指著允貞。

允貞走向他，然後一巴掌把在他的臉上！

「妳……」七頭沒想到她會這樣做。

「這一巴是還給你的！你一直都在性騷擾我，現在我還給你！」允貞生氣地說。

「去你的，婊子！」

七頭想還手，我一手捉住他的手臂！

「你不是想我幫你嗎？她打一巴又有什麼問題？」我的眼神兇狠。

「但……」

這次，到我打他一巴，比允貞更重手！

「消毒酒精！」我大叫。

賢仔在我手掌上噴上消毒酒精。

我再打他一巴！

「消毒酒精！」

我再打一巴！

「消毒酒精！媽的！撞到你我也覺得骯髒！消毒酒精快來！」我咬牙切齒地說。

「夠了，夠了！」七頭像龜一樣縮了起來：「請你放過我吧！」

「放過你？你解僱英姐時，英姐有沒有叫你放過她？她還有個孫要養，你把她的長期服務金沒收了，我問你，你有沒有放過她？人渣！」我揪起他的衣領：「同事家人出事入院，請假你有批准過嗎？你自己遲到沒事，職員遲幾分鐘你扣糧？同事加班沒錢，你加班就續分鐘計？你有當過員工是人嗎？啊？對，你叫我扮狗叫，還叫我跪在其他人面前道歉，你真的是一位很好的高層！很為員工的高層！對不對？

我連珠爆發數臭七頭。

「你叫我放過你？」我說：「我放你條命！」

「我以後不會了！真的！入矢，只有你可以證明那個針孔攝錄機不是我放的，求求你幫我作證！」

七頭跪在地上，向我叩頭。

「正一人渣！入矢為了快餐店其他人才會跪下來道歉，而你呢？為了自己就像狗一樣叩頭！」多明說。

我從來沒見過多明這樣跟七頭說話。

「你叫我幫你作證？」我蹲了下來篤著他的額頭：「誰會相信一個女職員自己放攝錄機去拍自己？誰會相信你這個侵犯兒童的人渣？」

「我沒有！我根本沒有見過那個女孩！我沒有侵犯過她！」七頭哭著臉說。

「唉。」我坐在他的面對：「好吧，好吧，看到你這個屎樣，我真的不忍心，那個女孩的父母跟我是同一間教會的，或者，我可以幫到你。」

「真的嗎？」七頭瞪大了雙眼。

「入矢，就這樣放過他嗎？」多明說。

「對，他可能真的有侵犯那個小妹妹！」賢仔說。

我沒有理會他們，繼續跟七頭說。

「就交換條件吧，我要知道英姐被解雇，是誰的主意？還有，濤鴻沽空那間『優滋國際』的股票，是不是跟『愛瑞食品集團』有關？」

他沒有說話，不，在他的表情中，我看到是「不敢說話」！

我臉容扭曲地說：「你就一五一十……告、訴、我！」

三天後，快餐店回復了正常運作。

來了兩位新的正副經理，看來也不是什麼好人，不過他們的分數也只有六十六、六十七分，至少比細明與七頭好。

那晚，七頭把他所知的事都告訴我，濤鴻的死果然跟「愛瑞食品集團」有關，不過，七頭他也只是集團中其中一隻棋子，他根本不會知道太多的內情，他只是有推介過「優滋國際」這隻股票給濤鴻，其他的事他也不清楚。

他有沒有對我隱瞞什麼？看來就沒有了，因為他這種人渣，要保自身，誰也可以出賣。

至於英姐……

……

…

．

快餐店後巷，我跟她一起拉著兩大袋垃圾。

「入矢，我真的不知道怎樣感激你。」英姐跟我說。

「不需要感激，妳是應得的，妳一直在努力工作了十年，誰敢把妳的功勞搶去？誰會這樣就解僱妳？」我笑說。

「總之，就是多謝你。」英姐說：「希望我的孫兒長大後可以像你一樣，成為鋤強扶弱的人。」

「嘿，才不要，像我這樣的人可能會死得更快。」

像我嗎？別傻了，我寧願他做個上流社會的人渣，然後賺到錢養回英姐。

七頭跟我說出了解僱英姐的決定，是由會計部一個叫徐志福的高層指使，我問七頭拿了他的聯絡，直接跟他「談判」。

當然，他可以不承認，不過我跟他說，如果一個快到六十五歲的老人家，在可拿到長期服務金前被解聘，各大報章應該對此事很有興趣，而且七頭一定會出賣他，到時他可能不只連工也沒得做，甚至可能要坐監。

他不是一個蠢人，立即明白我的說話，英姐遭即時解雇的決定立即被取消，所以英姐又可以回來工作，而且可以在滿六十五歲後拿到長期服務金。

而且，我還開出了另一個「條件」，當然，他只屬於會計部，我的「條件」他未必可以達成，不過，高層們不是很喜歡摸著酒杯底聊天的嗎？

他在集團認識的人之中，一定有人可以滿足我的「要求」。

「入矢！」允貞走到了後巷：「快餐店來了個大人物，他叫我、你，還有賢仔、多明去經理房見他！」

「啊？終於來了嗎？速度果然夠快！」我好笑。

「你知道發生了什麼事？」允貞問。

「嗯，應該是我的『條件』達成了，我們快走吧！」我說。

「條件？」

我們一起走到經理房。

「那晚七佬把所有的事都告訴你了，你真的會放他一馬？」允貞問：「這樣你的計劃不就會被揭穿了？」

「什麼我的計劃？妳也是『共犯』！」我說。

「什麼？！明明都是你教我的……」

我停了下來，然後在她的耳邊說：「其實呢，妳不用這麼大聲的，妳是不是要全世界都聽到呢？

快餐店可能有很多不同的線眼。」

「對……對不起！」允貞吐吐舌頭：「我差點忘記了！」

媽的，這女的真可愛。

然後我又在她的耳邊說：「昨晚我去了警署一躺，我說……七頭走來威脅我，想我給假口供，

妳明白我的意思嗎？」

她瞪大圓圓的雙眼：「入矢，我覺得你……比七佬更人渣啊！」

「多謝讚賞。」

我們走到了經理房的門前。

「你剛才說的『條件』達成，是什麼意思？有關這次大人物想見我們的事？」允貞問。

「對。」我微笑說：「我們很快就會調職。」

「調職？」

因為我要更接近濤鴻自殺的真相，我要更接近高層，所以我要在這個「愛瑞食品集團」……

繼、續、向、上、爬！

我敲門後，打開了大門，多明與賢仔已經在等待著。

他們的腰挺得很直，不只他們，新來的正副經理也像軍人一樣挺直腰。

「入矢！允貞！」賢仔看到我們很高興。

「大家都來了。」新的經理說。

「這位是鍾入矢，另外一位女的就是陳允貞。」他在介紹我們。

我完全沒有聽到他的說話，因為我的視線只看著那個坐在經理椅上的人……

一個梳了一個 All Back 頭的中年男人……

一個在他的胸前大大隻字寫著……

「九十」的男人！

「你就是入矢？」男人自信地微笑，露出了潔白的牙齒：「就是你揭發七經理的惡行嗎？你果然青出於藍。」

「他就是我們愛瑞食品集團的四位總經理之一，關支能先生。」新經理禮貌地介紹道。

「看來你們的關係很好呢？」關支能矇矇眼看著我們四人微笑，他給人有一種有威嚴又帶點仁慈的感覺。

「哈哈，自從入矢來了後，我們的關係都變得很好！」賢仔摸摸後腦笑說：「我們經常一起去吃宵夜！」

「賢仔！」多明踢踢他的腳：「別失禮！」

「沒什麼，我也很想像你們這些年輕同事一樣，可以打成一片。」關支能再次露出一個和藹的笑容。

不不不……

這個看似四十出頭的男人，是我認識的人之中最高分！而且突破九十分！比彩英八十二分還要高，是九十分！

他每一句說話都不是真的，他的笑容中一定藏著刀！

「有關你們調職的事，我已經批准了，給你們放幾天假，然後可以到新餐廳上班。」關支能說：「這幾天你們就好好休息吧。」

「什麼？調職？」多明不明白。

「入矢，你還沒有跟他們說嗎？不是你的要求？」關支能說：「入矢要求你們四人一起調職，你們會來我們酒店的高級餐廳一起工作，當然，薪金也會提升。」

「真的嗎？！我沒有聽錯嗎？太好了！」允貞高興地說。

「我終於可以升級到酒店餐廳中工作了！」多明高舉手臂。

「入矢，謝謝你！」賢仔擁抱著我。

不，沒這麼簡單的，一定有什麼陰謀。

「入矢，怎樣你好像不太高興似的？」關支能看著我說。

「不，才不是。」我的汗水流下：「真的很感激你提拔我們幾個人。」

「恭喜你們，希望未來合作愉快。」他伸出了手。

我跟他握手。

我全身也起了雞皮疙瘩！遇上了高分的人，我……

非常非常興奮！

在我的「人渣成分指數」排行榜中，又要改寫名次！

「別忘記，你們是直接隸屬我的高級餐廳部門，要好好做下去，知道嗎？」他的笑容很親切。

親切個鬼，最高分的「人渣」，**才不會這麼輕易露出自己的真面目！**

「會的，我們一定會好好做下去。」我回敬他一個親切的笑容。

我們對望著，從他的眼神中，我可以看到深不可測的視野。

看來……

我跟這個九十分的男人，在未來會有一番惡鬥！

……

……

……

晚上。

快餐店已關門，同事已經知道我們將要調職，所以為我們開了一個 Farewell 派對。

「沒有入矢，就沒有這次的升職機會，你就像我的再生父母，這一杯我敬你！」多明帶點醉意地說。

「知道了，知道了，別要這麼肉麻好嗎？」我說。

「入矢，以後有什麼好點子，記得要提拔一下我們！」燒味師傅良哥說。

「好的，好的！沒問題！」

我們都把酒杯中的酒喝下。

雖然我不是在這快餐店工作很久，不過，他們並不難相處，我的確是有點不捨得。

「入矢。」允貞走到我身邊坐下來：「你怎麼好像有點悶悶不樂？轉職不是高興的事嗎？」

她看得出我在擔憂某些事。

「沒有。」我微笑：「我只有有點捨不得大家。」

其實我是在想，我把他們三人一起帶走，不知道是不是正確的事。

我就如《七大罪》梅里奧達斯的團長，又或是《ONE PIECE》中的路飛船長一樣，都會擔心自己的船員與伙伴。我不能說自己就是他們的「船長」，不過，他們的確是跟著我一起前進。

「不捨得嗎？」多明走了過來：「那今晚就跟大家不醉無歸！」

「乾杯！」賢仔高舉酒杯。

「什麼？你酒杯的是什麼？」多明看著他的杯：「橙汁？！你大個仔了，來喝點酒！」

「喝醉我會醉的！」

「不是說不醉無歸嗎？」廚房東哥也走了過來：「怎麼也要喝一杯！」

我看著他們快樂的表情，也把未來的煩惱拋諸腦後，現在，最重要的還是及時行樂！

我拿了酒杯。

「來！不醉無歸！」

*《七大罪》，鈴木央作品，二零一二年至二零二零年，全四十一卷。

「停留二手漫畫店」。

雖然我有幾天的假期，不過我沒空閒休息，因為我要先了解轉職高級餐廳的資料。

「入矢你看看這個。」高美子把 iPad 給我看。

這是「愛瑞食品集團」架構表。

這個壟斷了香港四成飲食行業的美食王國，架構真的大到不得了。

人力資源部、財務部、法務部、行政部、食品生產部、客服部、宣傳部、營業部、飲食部、物流採

「你看，總裁也分成 CFO 財務長、CMO 業務長、COO 營運長、CRO 風控長、CCO 法令遵循主管、CIO 資訊長、CCO 傳播長。」高美子指著 iPad 說。

「嗯，看了名稱也不知道他們是做什麼工作。」我說。

在飲食部架構表中，最高權力的是董事長，然後是行政總裁 CEO，之後就是四個總經理、多位副總經

理、區域經理、部門分店經理、部門分店副經理等等。

而狗明與七頭，就是分店正副經理，即是高層的「最底層」。

「如果你要向上爬，還有很多關要過呢？」高美子說。

「不過我已經遇上了四個總經理其中一位。」我拿起了身邊一本漫畫：「這代表了『他們』已經知道有我這個人的存在，而且對我有顧忌。」

我手上的漫畫是我最愛的*《賭博默示錄》，故事中的男主角伊藤開司，就是一步一步向上爬，對抗整個「帝愛集團」。

「下一步你要如何？」高美子說。

「見步行步吧。」我笑說。

「你別要太快回來，做你二手漫畫店的職員，是我人生中最愛的工作！」高美子帶點傷感地說：

「我記得我是在這裡認識你跟濤鴻……」

「回憶永遠也是最美好的。」我說。

當年*《蠟筆小新》作者臼井儀人因登山意外身亡，濤鴻回憶起中學時代的自己，跟我說過這句說話。

回憶永遠也是最美好的。

「放心吧，我一定可以把事情查得水落石出。」我說。

「我相信你。」高美子回復了笑容：「入矢，我想問你很久了，你的漫畫店不是抵押了嗎？為什麼還可以做下去？」

「哈！因為我找到了一個六十八分的經紀。」我指著一排排的漫畫說：「那個奸狡的經紀知道我的漫畫生意一向不錯，所以他沒有向他的債券公司提交資料，反而自己入股了我的二手漫畫，現在漫畫店的盈利有三成是他的。」

「原來如此！」高美子說：「看來你可以看到人渣分數都很有用！」

「何只有用，簡直是如虎添翼！」我囂張起說。

我放下了漫畫，拿起了我的筆記簿，在內頁寫著「托里尼酒店」。

好吧，我要向新目標出發！

幾天後，早上。

我們四個人相約一起上班，我們走入了「托里尼酒店」，已經有酒店員工殷勤地為我們開門。

「哈哈，有點不習慣！」賢仔摸摸後腦傻笑。

「很快你就會習慣！」多明高興地說。

我們走上了羅馬式迴旋樓梯，來到了我們新的工作地點門前，一間米芝蓮的高級意大利餐廳。

門前一左一右放著撒尿小童雕像，我們一起看著意大利餐廳門牌。

「Mic...hel...」允貞想讀出餐廳的名稱：「我連讀也不懂。」

「Michelangelo，米開朗基羅，是義大利文藝復興時期傑出的奇才，身兼雕塑家、建築師、畫家、哲學家和詩人等名銜，與李奧納多．達文西和拉斐爾．聖齊奧並稱『文藝復興藝術三傑』。」我一口氣說：「這所意大利餐廳就是用了他的名字而命名。」

他們三人呆了一樣看著我。

「入矢！厲害啊！」賢仔大叫。

我當然已經做足資料蒐集。

「走吧！我們進去了！」

《蠟筆小新》，臼井儀人作品，小畑健作畫，一九九零年至二零一零年，全五十卷。

*《賭博默示錄》，福本伸行作品，一九九六年至一九九九年，全十三卷。其後作品有《賭博破戒錄》、《賭博墮天錄》、《賭博墮天錄和也篇》、《賭博墮天錄 單張撲克篇》、《賭博墮天錄二十四億逃出篇》。

上位怪物 Chapter five Monster 06

「Buongiorno!」

我們一起走入意大利餐廳，櫃台的女職員已經跟我們用意大利話打招呼。

「妳好，我們四個是新調來上班的。」多明看著那個大胸的女職員說。

「啊？原來是你們嗎？請等一待，我通知經理。」她高興地說。

六十六分，中規中矩吧。

「未來我們也是同事了，我先自我介紹，我叫蘇菲亞，是 Michelangelo 的 Reception。」她禮貌地說：「楊經理叫你們入去他的Office。」

「好的，謝謝。」我說。

我們四人來到了經理室門前，敲門後進入。

這餐廳的經理室跟快餐店的經理房簡直是豪華套房與劏房的分別，意大利式的傢俱擺設，根本不像辦公室，就如豪華家居一樣。

「你們來了嗎？先坐下來。」

一個四十來歲，滿面鬚根英俊的男人指著沙發拿著電話聊天。

「好的。」

然後，他背著我們繼續傾電話，我們四人坐到沙發上。

「你猜有沒有浴室？哈！」賢仔笑說。

「可能按摩房也有，嘰嘰！」多明說：「做高級餐廳的經理真好！」

「入矢，你怎樣了？一直看著他？」允貞有我耳邊說。

「跟彩英一樣，這個男人的人渣成分指數有……八十二分。」我說。

「這麼高嗎？完全看不出來！」她非常驚訝。

世界有太多衣冠禽獸，根本沒法從外表看出來，像七頭那些只看外表已經知道不是什麼好人的人渣，都只是「人渣界」的小人物罷了。

不過，我一點不怕，反而我全身也在顫抖，不是害怕的顫抖，而是興奮！

「總之，魚子醬一定要相同的牌子，不能轉其他供應商，不說了，再見。」他掛了電話，走到我們

面前坐了下來。

「我們先來自我介紹……」多明說。

「不用了，我已經看過你們的資料。」男人阻止了他說話：「我是米開朗基羅餐廳的經理，我叫楊偉超。先小人後君子，我們是米芝蓮餐廳你們應該知道吧？我們最注重的是食物與服務，你們不能讓餐廳有任何投訴。」

「當然！我們在美輪快餐店都是服務最好的員工！」多明自信地說。

「你拿一間三流快餐店的服務作標準？」楊偉超板起臉看著多明：「看來你也根本不知道什麼是好的服務？」

「三……三流？」多明沒想到他會這樣說。

怎說，美輪快餐店都是他們曾經一起長時間工作的地方，對美輪快餐店多多少少都產生了感情，而且他們跟附近的街坊都很熟絡，街坊都會說他們的服務很好。

現在被說成「三流」，心中總是有些不是味兒。

「另外，我已經安排好你們的工作崗位。」他打開了茶几上的文件夾：「鍾入矢與金允貞是餐廳的侍應，而周多明你負責廚房出菜的工作。」

「等等，廚房出菜即是不能走到餐廳店面？」多明問。

「對。」楊偉超沒多說一句：「最後陳浩賢負責在廚房打掃。」

「什麼？我在廚房打掃？」賢仔驚訝：「但我在美輪快餐店是做侍應……」

楊偉超指著賢仔：「對不起，這是你的樣子問題，我想我的客人不太喜歡患有唐氏綜合症的人服務他們。」

「你說什麼？」我忍不住說。

「入矢！」允貞按著我，然後微笑對著楊偉超說：「我們明白工作安排！」

切！這個叫「陽萎」的，真的是先小人了，媽的，未上班已經要以貌取人嗎？

看來，他的確是一隻「真小人人渣」！

直至現在，他……一眼也沒看過來！

陽萎，你太小看我了，未來日子，我就跟你……

玩過夠！

Chapter Six
Michelangelo

米開朗基羅

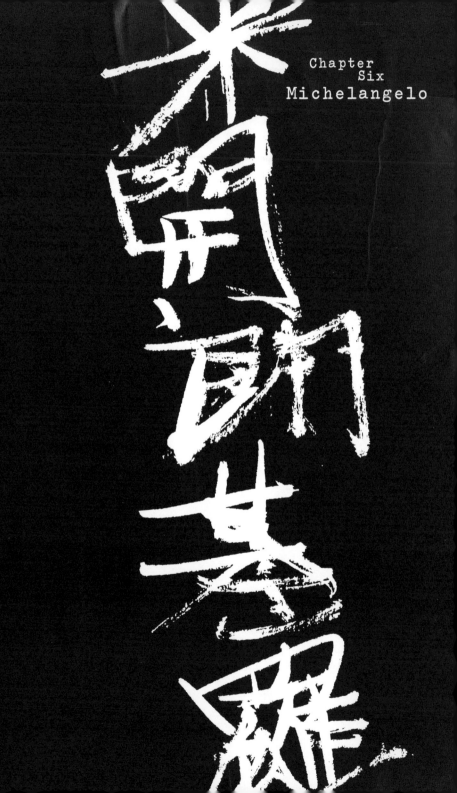

米開朗基羅

Chapter six

Michelangelo 01

數天前。

「愛瑞食品集團」總部頂層。

跟七佬合作欺騙英姐長期服務金的會計部高層徐志福，來到了總經理關支能的辦公室。

「謝謝關總經理的安排。」徐志福低下了頭說。

「張戶七那邊如何？」關支能看著落地玻璃外香港島的風景。

「已經處理好，即時解雇了，而且也給了他揞口費，他才不夠膽把我們供出，他還有家庭要養。」

徐志福抹抹他額度的汗：「從前解僱職員沒法獲得長期服務金的事，他也不會說出來。」

「你說什麼？是不會供你出來，而不是『我們』，完全不關我事。」關支能回頭看著他。

「對對對！關總經理說得對！是我！只是我！」徐志福頭垂得更低：「另外，威脅我的那個叫鍾入矢的，好像正在調查那個叫溫濤鴻及他一家自殺死去的事。」

「放心，我會有安排。」關支能說：「我會把他們調到 Michelangelo。」

「什麼？Michelangelo 是米芝連餐廳！」

「你有意見？」

「沒有，沒有！小的沒有，關總經理的決定一定是正確的！」徐志福說。

「楊偉超會好好『教育』他們的了。」關支能回頭看著風景：「出去。」

「知道，那我先出去了。」徐志福向他九十度鞠躬，然後離開。

關支能看著維多利亞港中其中一隻小船。

「在大海中，你只是一隻細船而已。」關支能露出了邪惡的笑容：「準備好船毀人亡了嗎？」

×××××××××

Michelangelo 意大利餐廳。

我們已經在Michelangelo上班差不多一個月。

「員工休息室都這麼豪華。」多明說：「真的跟快餐店完全不同！」

「藍鰭吞拿魚・茄子・西西里海鮮汁・魚子醬…… Fresh Blue Fin Tuna with Eggplant……地中海魷魚・百里香・鷹嘴豆・辣肉腸……Seared Mediterranean Squid with Thyme……」允貞在學習餐廳的菜名：「怎麼意大利的菜名都這麼長！」

「因為愈看不明、愈長，就會愈多人覺得是高級的食物。」我說：「能夠吃高級的食物就代表自己的身分與價值，什麼米芝蓮餐廳？我寧願吃煎釀三寶也不會吃這些水蛇春名的意大利菜。」

明明，每個人對食物好吃的定義也不同，然後，卻出現了「米芝蓮」評分，硬要把每個人對食物的口味統一化。

當然，這就是「商業社會」的遊戲。

「賢仔呢？」我問。

「他還在清潔。」多明說：「可能我們休息完後，他也沒法過來。」

「你呢？多明，你習慣新工作？」我問。

「還好，只是在廚房傳菜有點悶而已。」多明托托身上的西裝制服說：「人工高了，又可以穿得更高級，我不是太介意！」

真的是這樣嗎？我看到廚房的員工都在呼喝多明，他根本口是心非。

就在此時，我看到員工休息室的大門前，有一個女生走過。

一個穿著 OL 套裝的女生走過……

等等，她不就是……

我立即從休息室追出去，我看著她的背影，她走入了經理室。

是她！

「發生什麼事？」允貞走了過來問。

「我……我再次看到她！」我認真地說：「那個身上沒有分數的女生！」

現在我的感覺，就像是別人看到了一個有七隻腳的人一樣！我從來沒見過沒人渣成分指數的人！

我立即衝入了經理室！

「你突然走進來做什麼？！」陽萎看著我說。

我完全沒有理會他的說話，我只是驚訝地看著那個紮著馬尾的女生。

很美。

「妳……為什麼會……沒有分數？」我瞪大眼看著她。

她呆了一樣看著我，我感覺到她「好像」明白我的說話。

「先生，對不起，我是楊經理的秘書，我不認識你。」女生說。

「入矢，你的搭訕技巧會不會太差？」楊萎擋在她的身前說：「藝愛是我的私人秘書，她放了一個月大假回來了，現在你想怎樣？」

入矢冷靜！現在先冷靜！總有機會跟她聊聊分數的事！

「對不起，我認錯人了。」我說。

「你真的一個麻煩人！」楊萎撥撥他的油頭：「快回去工作！」

麻煩人嗎？才來了一個月就覺得我麻煩？我想「他們」應該有討論過我。

「知道，我先回去工作。」

我離開前跟她對望了一眼。

沒錯！從她的眼神我可以看得出來！她一定明白我說「分數」是什麼！

難道她也可以看到「人渣成分指數」？

我一定要找她問過清楚！

……

…

.

晚上。

Michelangelo 已經關門，其他同事都離開了，只有我跟她留下來。

我們在一張近落地玻璃的桌子對坐著，維多利亞港的夜景完全吸引不到我，因為在我眼前坐著一個有「七隻腳」的女生。

「為什麼……你會說『沒有分數』？這是什麼意思？」她首先問。

我感覺到她也知道「數字」的事，不然她不會跟我在這裡見面。我決定了坦白說出我的「能力」，同時，留意她的反應。

我一直在說出「人渣成分指數」的事，我知道她想掩飾臉上驚訝的神情，可惜，根本不可能，因為她也跟我一樣，同樣看到……「七隻腳」的男人。

「你看不到我的數字？」她問。

「看不到，我一生之中，只有妳，我沒法看到妳的數字。」我說。

「是這樣嗎？」她咬咬下唇。

「好了，我已經全部都告訴妳了，妳可以跟我說妳的事了嗎？」我說：「妳是不是同樣有相同的

『能力』？」我問。

她沒有說話，只是看著我。

孔藝愛，看似二十三四歲，很明顯因為上班的關係，化了一個比較濃的妝，唇膏也選擇了比較鮮艷的顏色，不過，濃妝也掩飾不了她年輕的臉蛋。

「對不起，我也不知道為什麼只有我，你沒法看到數字。」她說。

「什麼？」我沒想到她會這樣說。

「其實我今天才第一次見你，我也不能完全相信你。」孔藝愛說。

「不，我是第二次見妳，第一次妳在跑步！」我說。

「就算你見過我，我也不一定要相信你。」孔藝愛反駁我。

很棘手。

我一生中從來沒見過一個沒有分數的人，我習慣了用分數去了解一個人，但在她的身上我沒法看到分數，我不知道這個女生究竟是一個怎樣的人！

我有什麼方法可以讓她說出所知道的事呢？

米開朗基羅

Michelangelo 03

Chapter Six

我決定了……轉移話題。

「孔小姐。」我認真地說：「我本來開了一間二手漫畫店，不過，幾個月前我決定把漫畫店抵押，然後到快餐店工作。」

「為什麼要這樣做？」孔藝愛好奇地問。

「因為我有個朋友在這食品集團工作期間……自殺了。」

「自殺？」

「不。」我泛起了淚光：「不是一個人自殺，而是跟太太與女兒一起自殺，他的女兒……只有四歲。」

她瞪大雙眼看著我。

「我來愛瑞食品集團工作，就是為了調查他自殺的真相。」我認真地說：「我決定去他生前的快餐店工作，打探更多消息。或者，我也是社會中其中一個『人渣』，不過，我絕對不會用最好朋友的死來騙妳。」

然後，我說出了一直以來發生的事，還有這食品集團的所作所為。

她一直在聽，從她的表情中我知道，她對我所經歷的事都很感興趣。

「之後，我就帶著他們三個人來到這裡。」我指著上方的高級吊燈：「然後遇上妳。」

「他們……都知道你有這種能力？」孔藝愛問。

「對，我相信他們，而且，我不會太過避忌跟別人說，因為由細到大我已經知道不會有太多人相信我，他們都當我是在『說謊』。」我說出最重要的一句說話：「妳也有同樣的經歷嗎？大家都當妳是……瘋子。」

一如以往，她沒有回答我的問題，我知道她在思考著，不只是思考我可不可信，而是在 猜度著說出「真相」後的後果。

不久，她終於說話。

「唉，輸給了你。」孔藝愛露出了微笑：「你一直跟我坦白，這樣真的太蠢了。」

「太蠢了？」

「如果我跟楊偉超說出你的事，你不就會計劃失敗嗎？」她說。

「沒所謂，我再想想其他方法吧。」

「所以我說你蠢。」孔藝愛喝下一口紅酒：「他們不是這麼容易對付的。」

我蠢嗎？如果我不是這樣「蠢」，她又怎會相信我？嘿。

心理戰，最後還是我勝出了。

「我也看不到你身上的分數。」她終於說出來了。

「妳也同樣有這樣的能力？」

或者，我一早已經知道她有「某種」能力，不過，從她親口說出來，我還是覺得有點驚訝。

「不，我不像你叫『人渣成分指數』，我看到的是……」

在她準備吐出說話時，她還是有半點的猶豫。

「呼，好吧。」她再次說：「我看到的是「A」至「E」的英文字母，還有「+」與「-」，從你身上我完全看不到這些英文字母。」

「什麼？不是數字，是英文字母？」我更驚訝，因為她的能力跟我不同：「這些英文字母代表了什麼？」

「小時間我也跟你一樣，總是跟別人說看到身上的英文字母，大家都當我說謊，甚至以為我精神有問題，久而久之，我不再跟別人說出英文字母的事。」她嘆了口氣：「你知道嗎？當你問我『分數』的事時，我當時真的很震撼，因為，我從來沒見過一個沒有英文字母的人。」

跟我當時看到她的感覺一樣。

「我也一直在鑽研人類身上的英文字母是什麼意思，慢慢成長，我終於知道了字母代表了什麼。不是你所說的『人渣指數』，而是……『運氣分數』！」

「我可以看到別人的『運氣變化分數』，由A+至E-，十五個等級。」孔藝愛說：「別要問我為什麼英文字母代表了『運氣』，多年來，也許你跟我一樣，已經用很多不同的方法，去證實我看到的字母代表了『運氣』。」

「是……運氣嗎？」我呼了口大氣：「即是說，如果字母是A，去賭場賭錢就會賺錢？」

「也可以這樣說，不過『金錢』也只是其中一個代表『運氣』的指標，還有很多方面也歸納為『運氣』。」孔藝愛說：「比如一直想生孩子的父母，十多年也沒法懷孕，最後老來得子，他們的分數一定有B，又例如運氣B以上的考生，能夠更容易貼中試題等等，都是『運氣』的一部分。」

「我明白了，妳把名字改為『變化分數』，是因為分數經常會改變？」我對她的能力非常感興趣。

「對，可以一天改變幾次，跟你說的『人渣成分指數』不同，因為一個人的運氣可以是每秒也在改變。」孔藝愛說：「不過，有時又可能幾天、幾星期後才會出現變化，不確定的字母，我才把它們叫作『運氣變化分數』。」

「等等我！」

我走到櫃檯前拿起了紙筆，然後寫著，孔藝愛看到我這麼雀躍，也沒有阻止我。

「大概是這樣吧，如果以數字代表了英文字母。」

A+ A A- = 98 92 86

B+ B B- = 78 72 66

C+ C C- = 58 52 46

D+ D D- = 38 32 26

E+ E E- = 18 12 6

「不錯，用數字代表大約就是這樣！」孔藝愛說。

「那妳看過最高分與最低分的人是多少？」我問。

「最高分我看過……」

就在此時，大門傳來了聲音，酒店的保安員用電筒照入意大利餐廳。

我跟她立即躲在桌之下！

「等等……」我看著她。

「什麼？」

「為什麼我們要躲起來，嘿？」我傻笑：「我們又不是做什麼不見得光的事！」

「嘻嘻！你說得對！」藝愛也笑了：「我們的下意識好像都一樣，第一時間躲了起來！」

我們互相看著大家，笑了。

「不如這樣吧，我們找個地方，慢慢交換情報。」我說。

「附近有間酒吧，不會太多人，就去那邊吧。」她說。

「好。」

奇怪地，當我們終於交換了自己「能力」的資料，不知道是不是因為我們都是「異類」，我們兩個人都有一分惺惺相惜的感覺。

我想起了*《相聚一刻》的大學落榜生五代裕作與年輕守寡的管理員音無響子。

或者，在未來的日子，藝愛會幫助到我。

第二天早上。

我、允貞與賢仔都放假，決定了回到快餐店探一下英姐他們。

我一面駕車，一面打著呵欠。

「入矢，你已經打了幾個喊露，小心駕車！」賢仔說。

「放心吧，我不會睡著的。」我笑說。

「你怎樣好像春風滿面似的？」賢仔狡猾地微笑。

「昨天你跟那個叫孔藝愛聊了一整晚？」允貞問。

「對，沒想到跟她會這麼投契！」我說：「好像前世就認識一樣！」

「你說看不到她的人渣分數，她同樣有看分數的能力嗎？」允貞問。

「對！沒想到世界上會有跟我一樣的人！」我高興地說。

「她也可以看到人渣分數？」賢仔問。

「不能說。」我看著倒後鏡的他：「藝愛跟我分享自己能力的條件，就是不能告訴其他人她可以看到的『字母』代表了什麼。」

「不行！快說吧！我想知道！」允貞奇怪地很生氣：「為什麼只有你們兩個人知道的秘密！」

「不行，不行。」我搖頭說：「我要守承諾，這是大人的秘密。」

「你現在當我小女孩嗎？哼！」允貞扁著嘴。

真不知道她生什麼氣。

*《相聚一刻》，高橋留美子作品，一九八零年至一九八七年，全十五卷。

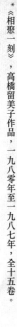

米開朗基羅 Michelangelo 05

Chapter six

昨天跟藝愛聊了一個晚上，我們在酒吧中把數據加以分析，感覺就好像我小時候在找尋「數字」代表了什麼一樣有趣。

我們以酒吧、街上的行人為對象，發現了『人渣成分指數』高的人，明顯地『運氣變化分數』也會比較好。

做「壞人」就會比較「好運」？

暫時我們也沒法得出這個結果，不過如果真的是這樣，這個世界真的很可怕。

藝愛跟我說，楊萎與及對上的經理，全部人的「運氣變化分數」都B或以上，就是七十分以上，而除了我以外，他們三個最高都只有C+而已，如果要跟高層對抗，根本是以卵擊石。

不過，她又沒法看到我的分數，她又怎知我不是A甚至A+？

而且我不是用「運氣」去對抗他們，而是……「計劃」。

我們快要來到快餐店，此時，今天上班的多明打電話給我。

「入矢！」

我按下藍牙耳機：「哈，我會代你問候快餐店的他們了！」

「不是，快來救我！」多明非常緊張。

「發生了什麼事？」

「食……食物中毒……我……」他說。

「你肚子痛？」

「不是！餐廳有客人食物中毒！他們說是我的責任！」多明說。

「什麼？」我皺起眉頭：「你等我，我立即回來！」

我在燈位一百八十度U-turn！

「發生什麼事？」允貞問。

「他們……『行動』了！」我說。

我知道那個關支能總經理不會這麼簡單就讓我們調職，他一定有什麼陰謀與計劃！

我們的「大戰」，沒想到這麼快就開始！

……

…

．

我們回到Michelangelo，直接走到廚房看看現在是什麼情況。

「不關我事！為什麼是我的錯？！」

多明跟陽萎與幾個高級廚師在理論。

「不是你的錯，難道是我們嗎？」大廚說。

「沒錯，我們從來也沒試過有客人吃了東西後中毒。」二廚接著說：「你才來了一個月，就已經出事了！這不會太巧合了嗎？」

「不……我……難道我會下毒嗎？我才不會！」多明說。

「要證據嗎？給你看。」陽萎把一台iPad給多明看：「你自己看！」

「多明！」賢仔叫著。

「正好，你們四個都在，一起來看。」陽萎撥撥他的頭髮。

我們四人一起看著多明手上的iPad。

畫面是多明工作的走廊，多明的工作就是從廚房把食物遞出來，然後交到侍應手上，再給客人上菜。

畫面沒什麼特別事發生，卻在十六秒左右，在傳菜的入口放下了一碟短寬管麵，多明想拿起那個大碟時，因為碟是鐵做傳熱很強，他拿起了鐵碟子，因為太熱他一不小心把短寬麵打翻！

多明下一個動作是……

把已經掉在地上的短寬管麵從地上拾起，放回碟上！

「客人就是吃了這紅蝦羅勒香草汁短寬管麵而食物中毒。」陽萎說：「老實說，你真的是他媽的噁心，掉在地上還要給客人吃？」

「不……我沒有！我只是……只是把麵拾回碟上，然後放入清潔盤中！」多明說：「我隨即叫二廚再煮一碟新的！」

「才沒有！」二廚搖頭：「當天我沒有聽過你跟我說！」

「你……你說什麼？！」多明呆了一樣看著他。

「現在客人要求賠償！」陽萎走上前說：「周多明，現在我來問你要怎樣辦？」

米開朗基羅 Michelangelo 06 Chapter six

「根本不關我事！」多明的汗水流下。

「那位食客是有頭有面的客人，他經常來光顧我們餐廳，現在他索償五萬元作為賠償。」陽萎說：「你這個噁心的人有兩個選擇，一是你自己賠償，二是公司幫你賠，但你會即時被解雇。」

「等等！」我走上前：「多明都說沒有把掉在地上的麵給食客！」

「什麼？人證、物證都有了，還可以狡辯？」陽萎囂張地說：「難道你說二廚在說謊？影片是偽造？就算是，食客也不會毒自己然後來投訴我們吧？他現在還在醫院留院！」

「誰說不會？『人渣』就會了。」我說。

「Oh My God!」陽萎在灑帥地扮作無奈：「你們都是痴線的嗎？我們 Michelangelo 一向都是聲譽良好，來的食客都是高端消費的人，你竟然說客人是『人渣』？他會為了一點錢就來索償？為了五萬元而說謊？你們真的是瘋了！」

對他們來說，當然是「一點」錢，但對於多明來說，五萬元已經是幾個月的收入。

「楊經理，求求你別要我賠錢，我要工作幾個月不吃不喝才有這筆錢！」多明痛苦地說：「我真的沒有把麵給客人吃！」

「的確，像你這些一事無成的人，五萬元應該拿不出來吧。」陽萎搖搖頭：「這樣吧，公司就幫你先付，不過你每月卻沒有工資，直至還清五萬元。」

他好像在給多明機會與選擇，說到自己很「仁慈」似的，其實到頭來根本就是要多明賠錢！

「但……」多明說。

「別說了，我還有很多工作在身。」楊萎托托自己的西裝：「給你一天考慮時間，沒有其他的選擇。」

他說完轉身就走。

我看著多明的表情，他非常痛苦。

「多明，跟我來！」我說。

「但我現在……還在上班。」

「還說上班？你快要失業了，快跟我來！」我說。

我們四人走到了托里尼酒店的大堂坐下來。

「多明你明明沒有把麵拾回去，你應該要據理力爭，不是選擇妥協！」允貞生氣地說。

「對，他們在冤枉你！」賢仔說。

「你們還不明白嗎？」我看著多明。

「明白什麼？」賢仔問。

「說謊的人是多明。」我說：「你真的把麵放回碟中，對吧？」

他不敢說話，只是低著頭，這已經證實了我的說話。

「我也不知道……不知道會被拍到！」多明說。

「原來你在騙大家，多明你真的是！你知道什麼是衛生嗎？」允貞更生氣。

「我就是怕經常做錯事，所以才偷偷這樣做！」多明在辯駁。

「現在真的讓別人食物中毒了……」賢仔說。

「我也不想！」多明苦著臉說：「入矢，你要幫幫我！」

「我不正在想了嗎？」我托著腮說：「不過，的確有點奇怪。」

「有什麼奇怪？」賢仔問。

「那個鐵盤。」我說。

「紅蝦羅勒香草汁短寬管麵的確是用鐵盤上菜的，有什麼奇怪呢？」允貞說。

「問題就是……」我看著她說：「短寬管麵會讓碟子這麼熱嗎？」

「整個菜式最熱的只有香草汁，而短寬管麵根本就不會太熱，因為太熱會影響麵質。」我說：「會不會是某人在碟子上……做了手腳？」

「的確有這可能，我記得我拿過盛裝香草汁短寬管麵的碟子，一點都不熱！」允貞說。

「如果這『說法』成立，那個食客就很有問題了。」我說。

「為什麼？」賢仔問。

「多明，你當時把倒在地上的短寬管麵給了誰傳菜？」我問。

「那個叫小傑的人。」多明說。

「是他嗎？」我說：「那個小傑的『人渣成分指數』是六十七分。」

「你意思是……他們都接近人渣的分數嗎？」允貞說出了重點：「他們在『合作』？」

「有這個可能性，我沒跟你們說而已，其實整間 Michelangelo 的員工至少有六十二分以上。」我看著賢仔說：「老實說，他們一直也看不起我們，賢仔在廚房工作最清楚吧。」

「他們經常呼喝我，有時還細聲講大聲笑，不知道是說英文還是其他語言，我聽不懂，總是一定是在笑我的外表！」賢仔說：「其實我還是比較喜歡在快餐店工作。」

就是我之前想過的問題，帶他們從快餐店向上爬，可能不是一件好事。

「那個小傑不會看到短寬管麵亂作一團也不說出來吧？」我說：「而且食客也應該會察覺到。」

「他們一起合作對付我！」多明非常驚慌：「現在我要怎辦？如果要賠償五萬元就等於我三個半月的工資！」

「五萬元……我有！」允貞說：「我可以先借給你，不過你要還我啊！」

我揮揮手：「不用賠給他，放心吧，交給我，我會想到對付他們的方法。」

「有什麼方法？」多明問。

「逆市入貨！」我露出了虎牙笑。

「什麼鬼逆市入貨？」允貞問。

「多明，你先回去工作，就正常地工作，我會想到方法的！」我拍拍他的肩膊。

「入矢交給你了！！！」多明低下頭說。

逆市不就是入貨的最好時機嗎？

沒想到，這麼快時機就到了！

……

……

……

第二天。

我請了一天假。

我從藝愛身上得知小傑是楊萎最看重的人，而二廚都是由陳萎請來，他們根本就是同一伙的。

現在最大問題就是那個「食客」，他也是楊萎的安排？

因為 Michelangelo 的客人都要訂桌，所以一定會有食客的記錄，我叫藝愛幫我找到客人的聯絡，然後我扮成愛瑞食品集團的投訴部人員找他。

對方已經答應跟我見面。

早上，我家中。

「很久沒著過西裝了。」我托托自己的衣領。

「領帶要拉上一點。」允貞說。

今天我跟允貞都請了假，因為我今天要扮成投訴部的人員去見那個中毒的食客馬大俊，允貞就當是我的助手或秘書。在我家集合，然後出發。

允貞幫我把領帶拉上，我們近距離對望著。

「不錯，妳今天的香水味我喜歡。」我笑說：「還有妳著的 OL 裝與化妝，立即成熟了不少。」

她靦腆的表情很可愛。

「我真的不明白你，為什麼你好像很輕鬆似的。」允貞說：「現在我們在假扮公司的工作人員，如果被發現……」

我用手指擋著她的嘴巴。

「我就是要讓他們『發現』，不，應該是已經『發現』了。」我淡淡一笑。

允貞靦腆表情再加上了幾個問號。

不過，如果她不相信我，就不會跟我來吧。

我們互相對望，她那嬌嫩的嘴唇，真的……真的很想吻下去……

就在我們的嘴唇快要觸碰到時，我的手機響起！

嘿，真不是時候。

「我去補一補妝！」允貞害羞地離開。

我拿起電話看，是那個富耀證券公司的經紀，我接電話。

「入矢老兄，你找我嗎？」他問。

「要不要做個大『交易』？」我笑說。

和養醫院。

在香港，醫院都會分成公立與私立，只要有錢，就不用排很久的隊去看症，甚至是做手術也不用排隊。如果你說「世界是很公平」，我一定會給你一個無奈的笑容。

就好像你跟我說華爾街的大鱷全部都很「善良」一樣好笑。

我們來到了馬大俊的私家病房，病房內還有他的太太。

七十分與七十一分，天生一對。

「我們是代表愛瑞食品集團來跟馬生你商討賠償的問題。」允貞微笑說。

不錯，她演得很好呢。

「我先生就是吃了你們店的食物才會中毒，當然要賠償，已經說好了！」馬太一直在盯著允貞，在她的眼中我看到了「妒忌」兩個字。

「不，我們當然會賠償，不過，我們希望你們可以把金額調低，又或是給你們 Michelangelo 全年的優惠食物券來當成賠罪。」我看著躺在病床上的馬大俊：「就當是我們公司跟你們的和解費用。」

「媽的，你試過食物中毒沒有？你知不知道有多辛苦？」馬大俊大聲說。

「我看馬生還中氣十足呢。」我說。

「你說什麼？」馬大俊不忿：「你公司怎會派你這些狗屁的小職員過來？一點禮貌也沒有！現在五萬元已經便宜了你們！你知道我休息一天，公司會有多大的損失？」

「但五萬元的賠償額真的太高了，公司會跟犯錯的職員索償！」允貞說：「這樣太過分了！」

喂喂喂……根本沒有這句對白，允貞又擅自來了。

「我們太過分？我懶理你們什麼職員要賠償，現在我先生正躺在病床之上，那個犯錯的職員是該死的！」長太說：「別要以為著上西裝、化個妝就不讓人看得出你們這些地底泥身分，別來跟我們討價還價！」

「我一天賺到的錢，比你一個月工資還多！垃圾！」馬大俊生氣地說：「你憑什麼說我的索償太高？回去好好再讀過書，再來跟我討價還價。」

開始……人身攻擊了。

「你這麼有錢，五萬元對你來說只是冰山一角，但對於要賠償的員工來說，可能已經是幾個月薪水！我同事甚至可能會失去了這份工，沒有了工作，他就不能生活下去！」允貞激動地說：「請求你可以減少索償的金額！」

因為那個「員工」是多明，是我們的朋友，允貞更加的重視、更加落力地游說。

不過……她還是自把自為，根本沒有跟我的劇本說出台詞。

不呀……傻女孩，我來這裡不是為了這個……唉……

馬大俊嘆了口氣：「看來你們還是不明白，不過五萬元對於我來說真的不是什麼大錢。」

允貞激動的演說有效了？

「好吧，好吧……」馬大俊說：「五萬元真的不是什麼大錢，那我就決定要你們賠償……十萬元吧！」

「什麼？」允貞目定口呆。

「老公，你真的說得對，五萬元太少了，改為十萬就對了！」馬太在和應。

我都說他們是……天生一對。

「還有，現在立即跟我們道歉！你們騷擾了我們休息時間！」馬太說。

「沒錯！要我見你們這些無謂人，我還以為有什麼好說？原來只是來找我講價！兩個廢物！」馬大俊說。

「馬先生，你決定了要把賠償金額改為十萬，對嗎？」我問。

「你聾的嗎？」

「明白，明白。」我彎下身說：「馬生馬太，真的非常的抱歉，是我們騷擾了你的休息時間。」

「入矢！」允貞看著我，眼中都是怒火。

「妳為什麼不道歉？」馬太看著允貞：「像妳這些年齡的女生，真的不懂處世做事，怪不得有這麼多像妳一樣的女生，走去做什麼援交，甚至等有錢人包養，因為妳們根本就是一事無成！為了錢，什麼也肯做的賤女生！」

還好，她不是說「什麼也肯做的賤臭雞」，不過，允貞聽到後已經非常生氣。

「妳……」允貞快吞不下這啖氣。

「貞，道歉！」我低下頭說。

「但……」她深呼吸然後說：「對不起！」

說完後，她一支箭似的走出了私家病房。

「你好好管教一下你的同事吧，真沒禮貌！」馬太說。

「一定，一定！」我露出了虛假的微笑：「如果沒事我先走了。」

「不送！」

在門前，我回頭看著他們，輕聲地說。

「你在說什麼？」馬大俊問。

「沒有，沒有，再見了，馬先馬太！祝你早日康復出院！」我關上了門。

他聽不到嗎？我是跟他們說……

「我有仇必報，我要你們比死更難受！」

這次，是為了多明與允貞！

和養醫院走廊長椅上。

我和允貞坐了下來，看著病人與醫護人員在我們眼前不斷經過。

六十四、五十六、四十八、五十七、六十三、七十四……不同的數字在我眼前走過。

「真的很生氣！」允貞說：「不過……這次大件事了，我們來幫多明，反而讓金額高了一倍！入矢，我們之後要怎樣做？」

我在看著那個七十六分的大肚婆，她會教出一個怎樣的孩子？

「入矢！」允貞把我從分數中叫醒。

「怎樣了？」我回憶她的說話：「要怎樣做，就是……等。」

「等？」

「介紹妳看一本漫畫，書名叫《約定的夢幻島》。故事中，孤兒院的孩子以為自己生活在一個舒適的環境中，其實，他們只不過是用來飼養給鬼族作為食物的孩子。」我說：「要生存下去，首先要知道其實身處像『天堂』的舒適環境，一直也只是『地獄』。」

這個滿佈謊言與虛偽社會，就是「人間地獄」。

我手機響起訊息的聲音。

是藝愛發給我的訊息。

「你是在等她嗎？又是關於她嗎？」允貞說。

「不是關於她，因為她是楊萎的秘書，所以……」

訊息的內容是……

「楊經理要你跟金允貞立刻回去見他！」

「被發現了！」允貞非常驚慌。

我皺起了眉頭。

……

…

.

Michelangelo 經理室內。

楊萎豪華的經理室，放滿了不同的意大利雕塑製品，陽萎就像在顯露自己是一個「有品位」的人。

去你的，對我來說，都只不過是石頭而已。

「你們兩個知不知道自己在做什麼？」楊萎摸摸他的鬚根：「現在客人打來投訴我們騷擾他！還要加大賠償金額！」

我們沒有說話。

當然，我已經跟允貞說好，無論怎樣，都由我來發言。

「現在多出來損失的金額由你們兩個人分擔！」陽萎說：「扮成賠償部的職員？都是你們兩個人沒事找事幹！才來了一個多月，已經不斷破壞Michelangelo的聲譽！」

「為什麼要由我們負責？」允貞還是不聽話搶著說：「明明就是那個馬生、馬太無理取鬧！」

「妳還要說嗎？這裡不是低級快餐店，高級有錢的客人才是我們的對象，妳還不明白嗎？」陽萎說：「客人無理也可以視為我們服務的其中一種！」

「但……」

「真不明白，關總經理為什麼要把你們調過來！工作已經不行，態度又差，完全配不起我們的高級餐廳！」楊萎搖搖頭說：「你們是我入職以來遇過最差的員工！」

「像狗一樣聽你吩咐，就是好員工了。」我突然說。

「什麼？你說什麼？」

楊萎站了起來走向我，他身上濃郁的古龍水味超討厭。還有在他身上的「八十二」數字，也非常討厭。

「對，也許你說得對。」他看著我微笑：「你只不過是一頭不聽話的狗而已。」

沒法把他激怒，果然，跟七頭不同級數。

「看你也不是小孩了，我像你的年紀，已經是高級餐廳的副經理，你呢？還是一事無成，而且自以

為是，以為扮成投訴部的人就可以解決問題嗎？這都是你想出來的計劃？」

「對，都是我的計劃。」我說。

「還理直氣壯地說是你想出來的計劃，哈！你真的一點廉恥也沒有。」楊萎跟我對望：「你知道嗎？像你這樣的人，在我們的圈子叫什麼？」

「不知道。」

「屎！」楊萎大力地說：「過幾年就三十歲，才發現朋友賺的錢已經比你多好幾十倍，生活也比你好，然後你只會妒忌比你優勝的人，有一句說話很適合你這些自以為是的人，就是……我想想……」

他在我身邊徘徊。

「對！爛泥扶不上壁！不不不……」楊萎搖頭：「是爛屎扶不上壁！」

媽的，我的拳頭已經緊緊地握著，快要爆發。

「你別要太過分！」允貞替我說話：「我們可以向勞工處告你！」

「妳告我嗎？你們冒充本公司職員，是我先告你，還是你告我？」楊萎狡猾地笑著：「還有，馬太跟我們說，妳用色迷迷的眼神看著馬生，好像在挑逗他一樣！」

「才沒有！」

「夠了。」我說：「我們會承受增加賠償的損失，沒事我們先出去了，允貞，走吧。」

我們轉身想離開。

「你真的是，我還沒叫你們走你們就走，一點家教也沒有。」楊萎冷笑：「你父母是怎樣教你的？

還是他們跟你都是一樣，爛、屎、扶、不、上、壁！」

我聽到「父母」兩個字，已經忍耐不了！

「別要說我的父母！」我轉身大叫。

*《約定的夢幻島》，白井海芋 作品，二零一六年至二零二零年，全二十卷。

「啊？你不是想激怒我嗎？」楊萎已經知道我的想法：「為什麼反而是你憤怒起來？」

不行！

現在對著他生氣就是我輸！不行！

「你老竇老母看來也沒什麼教養，才會教出像你這樣的一督屎！」楊萎繼續恥笑著我。

我走向他，一手揪起他的衣領！

「你想怎樣？想出手打我嗎？」楊萎完全不害怕：「世界上就是有你這些沒教養的人，有你這些低端人口，社會才會愈來愈亂！狗養的人！」

我的拳頭高舉！

「入矢！」允肯在我的身後大叫：「楊偉超，你別要太過分！」

「我過分嗎？還是你們冒充公司職工過分？啊？我沒跟你們說嗎？」楊萎從西裝袋中拿出一分文件：「周多明已經在一個小時前簽了文件，承認了這次責任，我們 Michelangelo 餐廳大人有大量，願意幫忙支付一半的賠償，你們應該要多謝我才對，還想打我？」

「什麼？」我不知道多明這樣做。

「放手！」

楊萎一手推開我的手，然後輕輕用手掌拍在我的臉上。

「喂，屎，我不知道你為什麼想對付高層，不過，我可以跟你說，你、注、定、失、敗！」他在我耳邊輕聲說。

他已經一早知道我們在快餐店時的事！

「沒事的話，你們給我出去！別要污染了我的辦公室！」他說完回到自己的座位上。

我是屎嗎？

我沒家教嗎？

我一家都是低端人口嗎？

「楊萎！」我大叫。

「你說什麼？我聽不到？」他說。

「楊萎！我想跟你說……我有仇必報，我要你比死更難受！」

這次我已經不是在心中說出這句說話，而是他媽的直接跟他說！

「哈哈哈！我比死更難受？我要如何比死更難受？」楊萎捧腹大笑：「你是不是看漫畫太多？要說一下台詞才有氣勢？哈哈！」

「你以為看漫畫的人就是一文不值嗎？」我已經準備反擊。

就在此時，經理室的大門打開，是藝愛回來，她看著我跟楊萎，辦公室的氣氛緊張，火藥味濃厚，大概她也知道發生了什麼事。

「楊經理，下午的會議四十五分鐘後開始，現在可以準備離開。」藝愛說。

「我真的很忙呢，沒時間跟你們再糾纏。」楊萎坐了下來耍帥地托著頭：「你兩個給我出去！」

「入矢，先離開吧！」這次到允貞要拉我走。

我點點頭。

離開時，我跟藝愛對望了一眼，看來楊菱不知道我們的關係。

還好有藝愛的突然出現，我才能清醒過來，不然，計劃可能就會失敗。

離開楊菱辦公室後，我們立即走去找多明。

「你這臭小子為什麼要簽那分文件！」我責罵他。

「入矢，別這樣大聲，其他人在聽著！」允貞說。

「他們會幫我支付一半的賠償……」多明低下頭說：「我還可以怎樣？」

「你真的是……唉！」我非常無奈。

多明的頭低得更低。

「啊？等等，不是這樣……」我奸笑：「反而有用！」

「有什麼用？」允貞問。

「多明，一式兩份的文件，你有一份在手嗎？」我問。

「對。」多明問：「你一直說在計劃，其實你有什麼計劃？為什麼不告訴我們？」

「總之……很快，那隻陽萎就會向我……**低頭認錯！**」

我堅定地看著經理室。

多等一會，我一定可以把你們……

連根拔起！

4 LDPE
5 PP
6 PS
7 OTHER

Chapter Seven
Strategy

反擊

Chapter Seven

Strategy01

深水埗劏房。

劏房的大廳，房東大嬸正在興高采烈地打麻雀，已經是第幾天了？媽的，凌晨四點了！

我只能用枕頭遮蓋著耳朵，把噪音減少，不過，我還是沒法入睡，除了是噪音，還有這幾天發生的事讓我不能入睡。

「兩個月沒糧出，先問入矢或是允貞借吧，他們應該沒問題的。」我在想著此事。

唉！

我回憶起小時候的事。

為什麼我叫周多明？

爸爸曾經跟我說，多明的意思就是「要為人正直，多點明白事理」，才會把我的名字改成「多明」。

屁！為人正直與明白事理有什麼用？在這個社會要生存、要有好的生活，正直是多餘的！我當然明白事理，不過明白事理又如何？這個社會不也就是奉承別人嗎？見高拜見低踩，這才是「真實」的社會！

明白事理個屁！

我很不甘心！為什麼要我賠償？我只能住在劏房，但那些有錢人，又或是食品集團的高層就天天大魚大肉，食好住好，我劏房的單位也許比他們的工人房更細！他們竟然要我賠償？就好像在乞兒兜拿飯吃一樣！

更何況，我不是乞兒！

真的很不甘心！

不過，我又能做什麼？

在這個大都市中生活，其貌不揚的我，學歷不高，甚至身高也比別人矮小！我一直也被人認定為失敗的一群，沒有人會看得起我、沒有人會願意給我多一點機會！

當然，那些人總是會說：「沒出色的爛泥，總是在自怨自艾，正一社會垃圾！」

他們口中沒有說，但心中一直也這樣想！

我現在不去努力工作嗎？我現在有偷呃拐騙嗎？為什麼我會是爛泥？為什麼我就是垃圾？

這個現實的世界，根本沒有人看得起我這種人！

根本沒有人會幫助我！

沒有人……幫助我……

我想起了入矢。

他是唯一一個會幫助我的人，我們只是認識了幾個月，沒想到他會是一個為我挺身而出的人。

但他要怎樣幫我呢？

他想一個人打垮整個食品集團，老實說，我覺得根本就沒有可能，就算他可以看到別人的「人渣成分指數」，也只能知道那個人的好與壞，我覺得根本就沒有什麼幫助。

在打麻雀的房東聲音愈來愈大，好像吃了一局十三么。

「我要怎樣睡……救命……」

此時，我的手機響起，我戴上眼鏡一看，是允貞的來電。

「這麼夜還沒睡嗎？打給我幹嘛？」我問。

「即時新聞！直播！」允貞緊張地說。

「直播？」我不明白她的意思。

「和養醫院！快看！」

「好，一會再打給妳。」

我掛線後立即看著手機的即時新聞。

畫面有大批的記者在和養醫院外守候，不知道發生了什麼事。

我在看看網民的留言，發現……

「不會吧？！」

我立即看看其他新聞網的標題……

「愛瑞食品集團其下Michelangelo米開朗基羅意大利餐廳，懷疑客人因食物中毒而要求賠償，同時愛瑞食品集團的食物生產線衛生受到質疑。」

這就是……是入矢的計劃？！

Chapter Seven 反擊 Strategy 02

兩個小時後，早上六時。

我收到允貞電話後，入矢就打電話給我，不久，楊偉超也打來召集我回到 Michelangelo。

在關門的 Michelangelo 意大利餐廳內，只有我、入矢、允貞，還有楊偉超與她的秘書孔藝愛。

楊偉超跟昨天中午時的他，簡直是判若兩人，昨天中午跟我傾談文件時樣子非常囂張，現在的他頭髮凌亂，鬚根更長，就像生意失敗一樣。

因為新聞一出，鬧成了一團，楊偉超將會有什麼下場？不用想也知道。

沒想到楊偉超本想對付我一個人，卻被入矢利用……反過來對付了他自己！

入矢在電話跟我說，什麼也不用說，由他代言。

他的「反擊」……要來了。

我看著自信滿滿的入矢，最初我真的不會相信這一個外表普通，最特別只有虎牙的男人，不過，經歷過快餐店與現在的事件，我已經對他有不同的看法。

一個人對抗整個集團，我竟然會覺得有一絲的希望！

我慶幸站在他的一方！

「楊經理，半小時後股東會召你見面，現在已經差不多……」孔藝愛說。

「妳給我收聲！」楊偉超大喝：「現在我什麼地方也不去！」

「明白。」孔藝愛沒有太大的反應，只是退後了一步，同時，我見到他看了入矢一眼。

「周多明！是你把事告訴了傳媒？」楊偉超怒氣沖沖地說。

「我……」我的心跳加速，不知怎樣回答。

「是我！」入矢走到我面前：「還好，你想到了利用簽下文件這個騙多明錢的方法，不然，我沒這麼快可以反擊！」

「你……」楊偉超咬牙切齒。

「你以為我們扮成賠償部的職員，真的是為了跟那對賤夫妻討價還價？真的是幫多明求情？」入矢說：「沒想到楊經理會這麼天真的呢。」

「你說什麼？！」楊偉超愈說愈大聲。

「我只是去看看他們是不是……」入矢擠出了一個狡猾的表情：「跟、你、一、起、在、演、戲！」

「你這督屎！別要以為把事情爆出來後就可以誣蔑我！」楊偉超說。

「誣蔑你嗎？是這樣嗎？」入矢無奈地搖搖頭：「本來，那對賤馬生馬太根本就不需要見我們，直接拒絕我們不就可以了嗎？他們沒有，是因為『某個人』指使，希望我們會被人侮辱，而且還可以增加賠償額，讓我與允貞也要跟多明一樣接受賠償。」

我想說一句支持入矢的說話，不過，那壓迫性的氣場，我連開口也不敢！

他們就像在下棋一樣，本來是由楊偉超佔盡上風，現在輪到入矢反將一軍！

「整件事件根本不合邏輯，二廚遞出來的鐵碟子根本不會這麼熱，而小傑看到亂作一團的短寬管麵也不可能給食客，最重要是，那對賤夫妻如果看到亂作一團的麵，怎可能不亨一聲把麵吃下？」入矢在解釋著：「好了，一切也太巧合了，如果不是有『某個人』安排，根本不可能出現這樣的奇怪巧合！」

入矢走向了楊偉超，然後扭曲了臉孔跟他說。

「又有誰可以聯合所有的人去做成這次事件？」他的虎牙再次展露：「只、有、你！楊、萎、超！」

「我不知道你在說什麼！」楊偉超把入矢推開，然後指著我：「所有責任都是這督四眼屎！完全不關我事！」

「當然吧！都是多明的責任！」入矢走到我身邊搭搭我的膊頭：「要賠錢嗎？當然賠！賠個Double也沒有問題！」

「入矢……」

「不過……問題是現在大量傳媒已經知道了那對賤夫婦馬生馬太因為吃了 Michelangelo 的食物而中毒，如果馬生真的是中毒才好，如果不是的話，即是和養醫院的醫生做假，就像連鎖反應一樣，會涉及到欺騙保險金、醫院聲譽等等問題。」入矢指著楊偉超：「我來問你，你可以肯定那一對賤夫妻不會因為傳媒的壓力而出賣你？你可以肯定醫院不會為了聲譽舉報做假的醫生？」

第一次！

楊偉超第一次沒有回答入矢的問題！

「你真的相信七十分以上的人渣？我來問你！你這個八十分以上的人渣！」入矢比楊偉超更大聲說。

楊偉超當然不知道入矢在說什麼，不過，看著他的表情我可以肯定他這種人……絕對不會完全相信別人！

「你別要亂說！」楊偉超沒有正視入矢。

「你還不明白嗎？」入矢露出可怕的笑容：「醫院會出賣醫生、醫生會出賣病人、那對賤夫妻會出賣你，還有二廚、小傑等等也會因為自保出賣你，你最後成為了……最、大、的、輸、家！」

楊偉超……已經知道了這嚴重性！

「你究竟想怎樣？！說吧！要多少錢？」楊偉超看著我們幾個人。

「我才不要你的錢！」允貞終於說話：「我才不會跟你同流合污！」

「我……我也不會！」我終於勇敢地說出話來。

入矢走向了楊偉超，然後輕輕用手背拍打在他的臉頰。

「哈，你是不是傻的？」入矢像魔鬼一樣露出虎牙：「我為什麼要你錢？你又能給我多少？你知道明天食物中毒新聞一出，會發生什麼事嗎？」

楊偉超瞪大了雙眼，流下了汗水。

「明天，愛瑞食品集團的股價會大跌，我已經沽空『愛瑞』的股票，你知道我會賺多少錢嗎？你可以給我這麼多錢嗎？」入矢扭曲樣子說：「然後，就因為你一個人，不只是掉了 Michelangelo 的聲稱，而是讓愛瑞食品集團的股價大跌！哈，我也不知道他們會怎對付你！」

如果我沒有估錯，入矢的計劃，就是利用楊偉超對付我們的小事，演變成對付愛瑞食品集團的大事！

他真的想用一個人的力量……

打垮整個食品集團！！！

「我……我什麼也沒做過……什麼也沒有……」楊偉超低下了頭自言自語。

「不過，我還有一個拯救你的機會。」入矢的微笑，就像看不到的深淵一樣。

「是什麼？」楊偉超問。

「啊？你問人時的語氣是這樣的嗎？」入矢問。

「請問……是什麼方法？」楊偉超咬牙切齒地說。

「乖，真乖！很簡單！就是多明承認是他讓食客食物中毒，而不是由你安排！」入矢說：「股價當然依然會大跌，不過大跌你也不會有什麼損失吧？反而你還可以扮成上司教訓下屬，把所有的責任推給多明！」

「入矢……我……」

我本想說話，入矢阻止了我。

「現在給你一個贖罪的機會！沽空股票的錢足夠我吃幾年，我已經可以不在這爛餐廳工作！我跟多明可以代你承認責任，只要你聽我說的話去做就可以了。」入矢看看手錶：「啊？時間真的不多了，你要快點決定，不然你就沒法跟那對賤夫妻與小傑他們一起夾口供！」

我真的要承認責任嗎？我們要成為代罪羔羊？我沒有多問，我的人生就交給了入矢！

「你……你想我做什麼？」楊偉超不情不願地問。

「道歉！」入矢笑說：「跟多明道歉，還有跟你所說的『屎』，即是我道歉！」

「這是你的最後機會！」入矢拿出了我那份賠償的文件：「除了人證，還有物證，有公司的蓋章，還有你的簽名！」

楊偉超想伸手向前拿文件，入矢卻縮了回去。

入矢利用了楊偉超要我簽下的賠錢文件，反過來威脅他！

「啊？如果你向我們道歉我們立即撕掉，如果你什麼也不做，很快文件就在傳媒手上！」入矢自信地說。

我知道楊偉超會道歉的，如果一個道歉可以解決到問題，像他一樣的人渣根本不會在乎什麼「男兒膝下有黃金」對於他來說，根本是廢話，最重要的是現在的大局。

「對不起！」楊偉超低下頭大聲說：「是我想對付你們才會計劃這次的賠償事件！」

「終於肯認了嗎？這樣的道歉就想我們做你的替死鬼？」入矢說：「不夠，還不夠！」

「你想我怎樣？」楊偉超用一個兇狠的眼神看著入矢。

「自刮！」入矢奸笑：「我要你一面自刮，一面說對不起，直至我叫停為止！」

「你……」

「快！」入矢看著那分文件：「啊，先發過去哪間傳媒好呢？看來也可以賣個好價。」

「得！我做！」楊偉超叫停了他。

「對不起，是我的錯！」

「啪！」

「大力一點！媽的！沒吃飯嗎？」入矢大叫。

「對不起，是我的錯！」

啪！

「再大力一點！」

「對不起，是我的錯！」

啪！

「對不起，是我的錯！」

啪！

楊偉超不斷左一下、右一下的自刮！

「入矢，夠了……」一直沒有說話的藝愛終於說話。

「啊，秘書小姐求情了。」入矢說：「妳知道嗎？他說我是屎！他說我沒家教！他說我們一家都是低端人口！」

楊偉超沒有停下來，臉頰又紅又腫。

「好吧，好吧，或者我就是屎，我們全都是屎！不過你現在是拿、屎、上、身！」入矢的藝術再次出現：「一直以來，你都看不起人！見高拜，見低踩！像你這種人渣，本大爺一直也看不順眼，不過，這次我大人有大量，饒恕你吧！」

入矢雙手舉起，準備把文件撕掉。

「啊，還有一句，我想從你口中說出來。」入矢瞪大眼睛說：「我要你說『我楊萎比屎還要賤，我向鍾入矢的父母道歉』！」

「我……」楊偉超氣得雙眼通紅：「我楊萎比屎還要賤，我向鍾入矢的父母道歉！」

「真乖，嘿。」

入矢把手上的文條撕掉。

楊偉超像狗一樣從地上拾回撕掉的紙屑。

看著入矢與楊偉超兩個人，本來楊偉超就是高高在上的人，現在在我眼前的畫面，卻是入矢高高在上看著跪下來拾紙屑的楊偉超。

入矢就是社會上少有會「以下犯上」的人！

他……做到了！

「死仆街仔！這次你死定了！」楊偉超把紙屑全部收起，因為已經沒有了證據，他的態度再次一百八十度轉變：「仆街屎！這次要死的人是你！我一定會告到你們坐監！」

入矢無奈地搖搖頭。

「藝愛！我們走！」楊偉超大叫。

「是，楊經理。」

他們就這樣離開，在離開前，孔藝愛不知道在入矢耳邊說了什麼。

現在Michelangelo只餘下我們三人。

「入矢，下一步要怎樣做？」我問。

「證據都被你撕掉了，楊偉超一定會跟其他人串通！然後反咬我們一口！」允貞有點生氣說：「為什麼要這樣放過他？」

「是誰說放過他？」入矢打了一個呵欠：「今天太早，真的很想睡，不過這場戲現在才開始，真正的好戲現在才開始呢？我又怎捨得睡？」

「什麼意思？」我問：「我們這次可能真的要坐監！」

「你們是當我傻的嗎？」入矢拿出了手機給我們看：「現在是什麼年代？還用紙本的嗎？你們看我拍得清楚過原本的文件，哈哈！」

我看著螢光幕畫面，是……我簽的那分文件！

「我在二十分鐘後就發到去各大傳媒了！哈哈！」入矢高興地笑說：「楊萎應該要到總公司會見高層，就在楊萎在高層面前說謊時，新聞就報導了，他到時一定再沒法狡辯！」

「原來你一早已經準備好！」允貞說：「但為什麼是三十分鐘？」

入矢看看手錶：「從這裡到總公司，迫車、坐升降機，還有走到會議室等等，大約是四十分鐘。當我一發給傳媒，因為是獨家的新聞，他們不用十分鐘就會放上網，然後就會在網上瘋傳，不用幾分鐘消息就會傳到高層耳邊了！楊菱正在會議室內，與高層們同步知道消息，哈哈！」

他連這樣也計算好？入矢真的是有仇必報！他要那些人渣死無葬身之地！

我看著又變回傻呼呼的入矢，我在想，如果可以看到他的人渣成分指數，也許……不會比任何人低！

「入矢，這次真的謝謝你！」我向他道謝。

「多明，別忘記……」他拍拍我的肩膊：「就算被看輕，我們也不能這樣永遠低下頭，就算最後是輸，我們也要抬起頭輸！」

「明白！」

抬起頭輸嗎？

不知為何，我覺得這句說話很熱血！

就像……漫畫的熱血台詞一樣！

我的眼淚，凝在眼眶之中。

三天後。

停留二手漫畫店。

傳媒連續幾天大肆報導愛瑞食品集團食物中毒事件，儘管愛瑞食品集團已經出來澄清全都是Michelangelo主管與食客合謀的計劃，不過也沒法敵得過網民的陰謀論，半數的人都認為合謀計劃只是掩飾著食物中毒事件，還有不少的文章像專家一樣說明中毒事件是真有其事。

當然，就算和養醫院也解僱了收錢寫假病歷的醫生，也沒法阻止謠言滿天飛。

無論是真是假，最重要是……

愛瑞食品集團的股價大跌。

「入矢，你看這報導，記者說得到內部情報，說什麼Michelangelo主管只是代罪羔羊，還說是因為桃色糾紛引起這次事件。」高美子說。

「網上的消息妳也相信嗎？嘿。」最清楚的人是我：「不過也好，事件繼續發酵，股價繼續

大跌，我沽空股票贏更多錢！哈哈！」

「我現在才知道你覺得玩股票！」高美子說。

「誰說我懂玩股票？妳等等我。」我在貨架最低已經封塵的地方拿出一本漫畫：「《股市風雲》，原作者觀月壤，我是在漫畫看過股市的運作而已！」

「什麼？你只是看漫畫學股票？！」高美子非常驚訝。

「妳也知道吧，漫畫的世界，什麼也可以學到。」我自信地看著我的二手漫畫店。

「我當然知道，我也是日漫迷啊！」高美子托托眼睛說：「對，這幾天你也不用上班嗎？為什麼留在漫畫店？」

我用鼻子嗅嗅漫畫書的味道：「還是這裡讓我最自在！」

那份文件已經完全可以證明楊萎用手段想欺騙多明的錢，楊萎被即時解雇，還有二廚、小傑也無一倖免，而那對賤夫妻也被愛瑞食品集團起訴，最後結果會是怎樣我也不在乎。

本來我也想了另一個劇本要讓賤夫妻對允貞道歉，不過允貞說他們已經有應得的懲罰，那就算了。

而整件事件、整個計劃最失敗的地方，就是楊萎竟然承認了所有責任，沒有把更高層牽涉在內。如果說只是他的計劃我絕對不能相信，因為本身我們都跟他無仇無怨，他無需要這樣想對付我們吧？一定有更高高在上的人在指使，或者，就是那個關支能總經理也不定。

他一定捉著楊萎什麼痛腳，楊萎才願意默默接受懲罰與起訴。

此時我的電話響起，是「富耀證券公司」的經紀。

「入矢！這次我們發了！股價跌了四成，這幾天還會繼續跌！」經紀說。

「合作愉快，你放心吧，跟我合作還有很多錢讓你賺，哈哈！」我說：「那我的二手漫畫店呢？」

「當然，當然！漫畫店你可以贖回去，沒問題！」經紀高興地說。

對付接近人渣的人，最簡單的方法，就是……「錢」。

給傳媒發放消息是我叫他安排的，誰也估不到我會跟一個證券公司經紀合作，等等……

我連他的名字也不知道呢？嘿。

「對，一直以來我也不知道你的名字，你叫什麼名？」我問。

「什麼？！你連我的名字也不知道？」

我只記著他的分數，六十八分。

「我叫古天……」

正當他想說出名字之時，一個女生走入了二手漫畫店。

「你的漫畫店很難找呢？很偏僻！」她說。

「我不跟你說了，有客，再找你，再見！」我立即掛線，高興地對著她說：「哈！妳找不到應該打給我，我來接妳！」

來到我漫畫店的女生是孔藝愛。

*《股市風雲》，觀月壤作品，川島博幸作畫，2000年至2002年，全五卷。

「原來有朋友來找你。」高美子笑說：「做得你朋友，人渣分數也不會太高吧！」

「妳錯了，我看不到她的人渣成分指數。」我說：「我來介紹，她是高美子，而她是一個跟我同樣有能力的人，孔藝愛！」

藝愛因為不用上班，把紮著的辮子放了下來，而且不需要著上OL服裝，立即變得年輕，更符合她的年齡。

簡單的介紹後，我們坐下來聊天。

「『運氣變化分數』？真沒想到有人可以看到別人的運氣！」高美子高興地說：「我的分數有幾多？」

「你的分數是……」

藝愛準備說出來時，高美子阻止了她：「等等！我還是不想知道！如果很低分，我一定心情低落，如果是很高分呢？又會怕有一天突然下降，心理壓力很大！」

「妳的確是說得對。」藝愛說：「所以，我不是常跟別人說出代表的字母。」

「藝愛，我想知道當天我跟楊偉超對話時，他的運氣分數是不是在大跌？」我進入了正題。

「他的分數會有改變，而且下跌，不過沒有你說的大跌，可能要到他被正式起訴時，才會跌下來。」藝愛說。

「這樣說，你看到的運氣分數不可能是『即時』反應某個人的當時運氣。」我托著腮說。

「要像股票一樣即時『報價』就不可能了，不然數字一定會瘋狂地跳動。」藝愛說：「你想到了什麼呢？」

「我在想我們兩個不同的『指數』加起來看，會不會得出什麼特別的結果，比如人渣指數高的人，在短時間運氣下降，會代表了什麼？」

我一直說出我的分析，當然，我們兩個人也是從小已經可以看到數字與英文字母，所以對「分析」特別有興趣。

「入矢……」高美子打了一個呵欠：「完全聽不明你們說什麼，如果你今天留下來，我就放半天假好了。」

「沒問題，妳走吧。」

「謝謝！你們慢慢聊吧！」

不到一分鐘，高美子已經離開。

「明明就是最喜歡漫畫，又這麼快想走人，唉。」我在嘆氣：「我不知多想回來工作，每天都活在漫畫之中多幸福！」

「工作與娛樂是兩件事來，不是嗎？」藝愛一語道破：「不是每個人像你一樣，可以把工作與興趣混合在一起，其實我很羨慕你。」

「做秘書不是你的理想工作嗎？」我問。

她面有難色轉移了話題：「為什麼會叫『停留二手漫畫店』？」

「因為……」我看著堆積如山的漫畫：「我想停留在我的快樂時代，停留在我父母還在生的快樂時代。」

我小時候，爸爸買給我的第一本漫畫書叫《遊戲王》，我被男主角武藤遊戲誇張的髮型與卡牌遊戲吸引，開始愛上漫畫的道路。

那時候，我會儲起利是錢與零用錢，通通用來買漫畫書，腦海中全都是漫畫人物的絕招名與台詞。

「真正重要的東西，總是沒有的人比擁有的人清楚。」我讀出一句《銀魂》的名言：「我滿腦都是漫畫的台詞，小時候，我不是太明白當中的意思，不過慢慢長大，我才明白，每一部漫畫都在教我如果去做人一樣。」

「你父母……」

其實我不太想提起他們，因為發生過「太多事」，不過，這次就算了。

「小時候，我轉過很多學校、搬過很多不同的地方……」我擠出了笑容：「他們在我六歲與九歲時相繼因病離開了。所以楊偉超說我沒家教時，我的反應這麼大，的確，他是說對了，我的確沒有父母的教導。」

「對不起。」她溫柔地說。

「沒什麼。」

「其實你比楊經理有家教很多。」藝愛鼓起腮說：「我也不知道受他幾多氣。」

「嘿，謝謝妳。」

「你知道嗎？你當時責罵楊經理時，樣子的確是有點恐怖！不過，你就好像幫我出了一口氣，幫我打敗壞人一樣！」她打出了一個可愛的直拳：「我也要謝謝你。」

很恐怖嗎？嘿，不過對著人渣不能用一個善良的表情吧。

「楊經理被解僱了，妳之後怎樣呢？」我問。

「跟你一樣，等待安排，就當是放個假吧！」藝愛突然想到什麼：「對！給你看看！」

她從手袋中拿出一份文件。

我看著文件，是有關……

愛瑞食品集團內部的員工投資計畫書。

*《遊戲王》，高橋和希作品，一九九六年至二零零四年，全三十八卷。
*《銀魂》，空知英秋作品，二零零四年至二零一八年，全七十七卷。

反擊

Chapter Seven

Strategy07

「這是……」我打開文件看。

「你說你的朋友因為投資了有關愛瑞食品集團的股票而自殺，所以我偷偷在楊經理的辦公室中幫你找到這些文件，你看看有沒有用。」藝愛說。

文件內都是一些細額的投資項目，沒有像濤鴻一樣會讓人輸到傾家蕩產的買賣。

等等……

「另設有高槓桿型投資項目，詳情請聯絡投資部門同事 David Chan。」我讀著文件中細字的一句：

「David Chan? 藝愛妳知不知道是誰？」

她想想，然後搖頭：「近半年楊經理沒有一個Appointment是跟一個叫David Chan的人見面。」

「是這樣嗎？明白了，藝愛謝謝妳的幫忙，這份文件很有用！」我微笑說：「我會再調查一下，如果沒有猜錯，楊偉超等人，一定是跟我朋友的死有關。」

「希望你早日查得水落石出！」藝愛說。

「承你貴言。」我說：「其實，這次件事件的計劃完成後，我反而有點擔心。」

「擔心什麼？」

「太順利了。」我認真地說：「我承認我的計劃很好，不過，妳不覺得太過順利了嗎？甚至比我在快餐店發生的事更順利。」

「別要太擔心，雖然我看不到你的『運氣變化分數』，我覺得你現在至少有A-！」藝愛在鼓勵我。

「嘿，真的嗎？」我笑說：「希望都是我多心吧。」

「別想太多，總之以後我會幫助你，希望可以調查出你朋友與他的家人死去的原因。」她說。

「好！」我士氣高昂：「好吧，為了獎勵你，我就送一套漫畫給妳吧！妳有什麼漫畫喜歡看？」

「漫畫嗎？」她想了一想：「我想看一些鬥智的漫畫。」

「鬥智的漫畫嗎？我還以為妳會看少女漫畫，妳等等我。」我回到貨倉很快又出來：「這套《詐欺遊戲》吧！當妳看到『走私遊戲』的情節時，一定停不下來！」

「好啊！我先拿幾本看，如果好看再問你拿之後的集數！」

「當然沒問題！」

「其實我還有很多鬥智漫畫介紹給妳，比好《噬謊者》、《鬥魚》……」

然後，我們又開始聊起漫畫來。

我看著還放在我書桌上那本缺頁的《幽遊白書》……

濤鴻，我一定可找出你自殺的真相！

晚上。

另一邊廂，多明在自己租的劏房，外面的麻雀聲繼續騷擾著他，不過，就算不是麻雀聲，他還是睡不著。

他想起了入矢幾天前的事，自己的年齡跟他差不多，卻跟他完全不同，如果要說，多明覺得自己就是地下的泥，而入矢就是天上的雲。

「就算被看輕，我們也不能這樣永遠低下頭，就算最後是輸，我們也要抬起頭輸……」多明想起了入矢的這句說話。

他深深吸了一口氣。

「好吧！」

多明把手提電腦與一對喇叭拿起，然後衝出了劏房單位！

他走到大廳，包租婆跟另多三個麻雀友一起看著他。

「你走出來幹嘛？我都說我們已經打得很細聲了！」包租婆叼著煙說：「快回去睡覺吧！」

「戴個耳機聽歌睡不就可以了嗎？」女麻雀友說：「你現在是住劏房，不是住幾千尺豪宅！」

「就是了！少少麻雀聲也忍受不了，搬走吧！」男麻雀友說：「不過，看你也沒錢住其他地方，哈！」

多明沒有理會他們，他坐到一張木椅上，然後……

「Woo…A! 可否爭番一口氣！」

他把喇叭的聲音扭到最大，播放著Beyond的《我是憤怒》！

「我是惡夢~天天都可騷擾你~與你遇著在路途~你莫退避！」多明跟著一起唱。

他一面唱一面看著那四個人對著他大罵，不過，他完全聽不到！

「I'll never die!!! I'll never cry!!! You'll see?!」

他大聲唱著，然後舉起Rock And Roll的手勢！

多明把一直以來的憤怒，通通唱了出來！他一面笑著唱，一面流下了眼淚！

每晚都被麻雀聲騷擾，現在，他要像入矢一樣……

有仇必報！以牙還牙！

他再不怕任何人！他再不會被別人小看！他再不會像縮頭烏龜一樣！

現在的多明……很快樂！

多明終於明白入矢所說……「抬起頭輸」的感覺！

就算，明天他就要被迫搬走，他也要繼續唱下去！

「就算最後是輸，我們也要抬起頭輸！」

*《詐欺遊戲》，甲斐谷忍作品，二零零五年至二零一五年，全十九卷。

*《噬謊者》，迫稔雄作品，二零零六年至二零一七年，全四十九卷。

*《鬥魚》，青山廣美作品，山根和俊作畫，二零零七年至二零一零年，全二十卷。

攻擊

Chapter Seven

Strategy08

Michelangelo 食物中毒事件一星期後。

入矢他們終於收到了新的工作安排，他們四人被召喚到愛瑞食品集團的總公司。

「我從來也沒來過總公司！」賢仔說：「沒想到大堂會這麼大！」

「這只是其中一棟，還有四棟面積一樣大的相連著。」入矢說：「他們都叫愛瑞總部為愛瑞五角大樓。」

「入矢，你知道的真多！」允貞笑說。

「當然，了解敵人才有更高的勝算！哈哈！」入矢說。

「不知道這次我們要見的人是誰？」多明說。

「很有可能是那個叫關支能總經理吧！」允貞說。

「天知道，總之，我們又再次向上爬高一層！」入矢指著上向。

他們來到了大堂的詢問處，詢問處就像是酒店服務櫃檯一樣，員工都充滿了笑容。

「你們可以在沙發休息等等，很快會有人帶你們上去。」女櫃檯服務員說。

「好的！」

他們四人坐在大堂的沙發等待，不久，一個混血兒女人走了過來。

「你們就是 Michelangelo 的員工？」混血兒女人說：「我是伊總經理的秘書凱琳絲，我現在帶你們去見他。」

「伊總經理？」賢仔說。

「好的！麻煩你了！」入矢第一個起身。

他們四人跟著凱琳絲走向升降機。

「伊總經理是誰？」多明在入矢耳邊問。

「食中食品集團有四個總經理，他應該是其中一個吧。」入矢說：「我們這次應該不是見那個關支能。」

「入矢，這個叫凱琳絲的有幾多分數？」允貞問。

「五十六分，分數不是太高。」入矢說。

「不知道這個伊總經理會不會又像那個關支能一樣有九十分以上！」允貞說。

「怎樣妳好像比我更緊張？」入矢說：「九十分又如何？我一定可以把他打敗！」

「你們說什麼打敗？」凱琳絲回頭問。

「沒有，沒有！哈哈！」入矢傻笑。

他們走入了升降機，很快已經來到了最頂層。

「你看！走廊佈置到好像皇宮一樣！」賢仔說。

「別要像個大鄉里一樣吧！」多明說。

「大鄉里這三個字也很老土囉！」允貞說。

「到了。」入矢說。

他們來到走廊的盡頭，凱琳絲打開了總經理房的門，陽光刺入他們的眼睛。

入矢已經有心理準備，迎接一個比關支能的人渣成分指數更高的人。

「來了嗎？」一個金髮的男人說。

認真地看，他也是一個混血兒，大約是四五十歲左右的男人，樣子比他實際的年齡更年輕。

「你好，我是愛瑞食品集團的總經理，我叫……伊隆麥。」他走到入矢他們前方，伸出了手。

入矢……呆了。

「入矢！入矢！」允貞碰碰他的手震，把他叫醒。

「對不起！」入矢從他看到的分數中醒了過來：「我叫鍾入矢，總經理多多指教。」

他們三個人也覺得奇怪，入矢怎樣會這麼有禮貌？

他看到了一個人渣指數更高的男人嗎？

不，錯了。

在入矢面前的男人，沒有九十分……沒有八十分……沒有七十分……沒有六十分……

伊隆麥的分數是……

二十八分！

除了小時候幫助入矢的修女以外，他人生中遇過最低分的人！

入矢回復了自信的笑容，在他的心中出現了一句說話。

「這次的事件……愈來愈有趣了！」

反擊
Chapter Seven Strategy09

愛瑞食品集團頂層的另一間總經理房。

關支能在落地玻璃前看著維多利亞港的海景。

「借刀殺人，真有你的。」一個白髮白鬍，看似六十歲的男人說。

「老侯，你的四字成語用錯了，不是借刀殺人，應該是順水推舟。」關支能說。

「對對對！把那個白痴楊偉超推去死，哈哈哈！」

這位白髮白鬍男人叫徐十候，是四位總經理的其中一位。

「你一早已經想把不聽話的楊偉超飛走，現在正好有人來幫手，真好。」徐十候說：「不過，我就是怕你養虎為患，聽說那個混血兒找上他們。」

「虎嗎？還是一隻小貓咪？」關支能轉身說：「我已經見過那個人，感覺都只不過是不外如是。」

為什麼有點……太順利了？

入矢曾說過這句說話，沒想到真正的原因，不是因為他的計劃完美，而是有人在「配合」他。

好聽的就叫「配合」，不好聽的其實入矢只不過是被人「利用」，他只是關支能的……

其中一隻棋子！

「我不明白，為什麼楊偉超不出賣你？」徐十候問。

「這件事還這件事，那件事還那件事，根本就完全沒有關係。」關支能自信地說：「別忘記，如果我被出賣，你也好不了多少。」

「我當然知道，嘰嘰。」徐十候奸笑：「不過，還有誰可以比跟關支能總經理合作更安全？」

關支能把一份文件掉給了徐十候。

「你問我為什麼楊偉超不會出賣我？你自己看看。」

文件是文楊偉超購買股票交易的資料。

「我明白了，我想他寧願承認過失被起訴，也不想被弄到破產。」徐十候說：「支能，你這個人太懂掌握人心了！」

關支能給他一個凌厲的眼神。

此時，有人敲門。

她走了進來。

「啊？是阿嫂嗎？我不阻你們了！」徐十侯在關支能的耳旁說：「在Office看著海景幹，超爽的！嘰嘰！」

「走吧，老侯。」

「OK！不阻你了！」

老侯離開，在門前跟她點了點頭。

大門關上，關支能跟她擁抱。

「這段時間辛苦妳了。」關支能嗅嗅她的髮香。

「你知就好了。」她說：「有誰會把自己的女朋友放在另一個男人的身邊？」

「嘿，妳又來了，別要發小姐脾氣好嗎？」關支能說：「你知道我最愛的是妳。」

「好吧，你又會說這些只是公事，愛我是私事，是分開的，對吧？」她說。

「果然是我的女人，又漂麗又聰明。」

「口甜舌滑。」

「啊？妳手上的是什麼？」關支能轉移了話題。

「給你看的。」她說。

「嘿，妳知道我一向也不愛看這……垃圾書。」

「沒關係，我也看完了，很好看，就留給你看吧。」她說。

「之後我有新的工作給你。」關支能說。

「之後你要怎樣做？」她問。

「我已經想好了，對付小貓的方法。」關支能微笑說：「妳就繼續留在他們的身邊吧，我這位漂亮的女友，一定沒有人會拒絕。」

「但……」

她本來想說什麼，不過，關支能用他的嘴唇阻止了她。

她沒法反抗，配合著這個喜歡的男人。

配合著這個充滿著魅力的男人。

同一時間，她看著剛才放下的那本書。

那一本「垃圾書」，是一本漫畫書……

一本叫《詐欺遊戲》的漫畫。

「愛，我今天有幾多分？」關支能問她。

「都是一樣，沒有改變。」

「不錯，我的高分，一世也不會改變。」

這個「她」，就是……

孔藝愛。

藝愛、偽愛。

她一直被關支能安排在楊偉超身邊，為的就是把這個不聽話的下屬剷除。正好，出現了跟藝愛有同樣奇怪能力的入矢出現，他利用了入矢，對付楊偉超。

所有人都是他的「棋子」，這個人渣指數有九十分的男人，他一直……

掌握一切！

……

……

……

鍾入矢與關支能的心理爭智計媒遊戲，一觸即發！

入矢能否找出好友溫濤鴻自殺的原因？他能否以一己之力打垮整個食品集團？

賤種

請留意《人渣》第二部……

人渣

第一部
全文完

人渣

第二部 序章

賤種

今天，全港唯一被熱討的話題，是一條影片。

在網交媒體上，不少網民都在評論著。

「那個女的真不知廉恥，為了升職，這樣勾引上司！」

「所有女人都是雞！」

「我才不會做這種人！賤格！」

「不知道她的床上功夫如何呢？」

「有相！有相！樣子不錯，夠淫！」

「你看她的嘴唇就知道是個淫娃！」

「幾多錢一晚？」

「我喜歡她的腿，又白又滑，很好Ｊ！」

「有沒有其他Ｊ圖？我的新Ｊ女神！」

無數不負責任的留言出現在網交媒體與討論區中，根本沒有人理會影片背後的「真相」。

貼文的標題是「快餐店女職員腿張開誘惑上司上床」，標題有多惡毒得多惡毒，只是為了吸引人點擊，從來沒有人理會影片中角色的感受。

沒錯，這條影片就是偷拍張戶七非禮金允貞的影片，不過，標題剛好相反，不是張戶七非禮金允貞，而是金允貞誘惑張戶七。

完成把整件事顛倒！

放出這樣的標題、這條影片的人是誰？

如果沒猜錯，這是某人的……「下一步計劃」。

金允貞家門前。

「允貞！快開門！」多明拍打著她家的木門。

「我們是一伙人，我們一起去面對這件事吧！」賢仔說。

沒有回應。

「入矢，怎樣辦？」多明問：「影片出了後，允貞已經幾天沒有聽電話，家又沒有人！」

入矢皺起了眉頭，你沒想到，自己對付七頭的計劃，反被人利用了，而且對付的人不是他，而是他身邊的人。

他非常非常生氣。

「她一定在家中！讓開！我來踢門！」

入矢準備好，然後一腳踢開了木門！

「允貞！」賢仔大叫。

在廳中不見允貞的身影，然後他們快速走入了她的房間。

在放滿貓公仔的房間中，允貞……躺在血泊之中！

她抵受不了網上的言論、朋友的嘲諷，甚至是家人的唾罵，她選擇了自殺！

「多明！快！打九九九叫救護車！」入矢火速走到她的身邊，把她扶起：「允貞！允貞！沒事的！沒事的！」

看到滿地的鮮血，他們幾個人也慌了！

「賢仔，找找藥箱！先幫允貞止血！」入矢說。

「是！」

「貞！為什麼？為什麼妳要這樣做？」入矢擁抱著她。

允貞失血過多，意識已經模糊，她只能用半掩的眼睛看著入矢。

入矢在慌忙之際，看到了在允貞身邊染了血的手機，屏幕沒有關閉，入矢拿起了手機看。

手機全都是騷擾的訊息內容，有些是在問價，有些甚至把自己的性器官圖片發給允貞！

有人把她的電話號碼公開了！

「媽的！」

入矢看著奄奄一息的允貞：「對不起，當初我不應該叫妳幫我手！對不起！」

允貞好像想說話，卻連說話也沒有力氣。

究竟是誰可以得到這條影片？

又誰有這樣的「權力」？

入矢只想到一個人！

「允貞妳一定會沒事！我一定會替你報仇！」入矢非常的憤怒：「我有仇必報，我一定要那個人……」

「比死更難受！」

人渣 第二部

賤種

序章

完

人渣成分指數排行榜（認識的人）

出場人物	人渣成分指數
楊偉超/楊萎	82
陳彩英	82
張戶七/七佬	75
細明/狗明	72
馬大俊太太	71
馬大俊	70
富耀證券經紀古天	68
小傑	67
蘇菲亞	66
二廚	65
周多明	57
凱琳絲	56
廚房東哥	54
燒味師父良哥	52
英姐	51
金允貞	48
高美子	44
賢仔	38

日本漫畫作品列表

《幽遊白書》，冨樫義博作品，1990年至1994年，全十九卷。
《龍珠》，鳥山明作品，1984年至1995年，全四十二卷。
《美少女戰士》，武內直子作品，1992年號至1997年，全18卷。
《男兒當入樽》，井上雄彥作品，1990年至1996年，全三十一卷。
《Hunter x Hunter》，冨樫義博作品，1998年至今。
《鬼滅之刃》，吾峠呼世晴作品，2016年至2020年，全二十三卷。
《死亡筆記》，大場鶇作品，小畑健作畫，2003年至2006年，全十二卷。
《夏目友人帳》，綠川幸作品，2003年至今。
《異變者》，山本英夫作品，2003年至2011年，全十五卷。
《棋魂》，堀田由美作品，小畑健作畫，1998年至2003年，全二十三卷。
《JoJo的奇妙冒險》，荒木飛呂彥作品，1987年至今。
《爆漫王。》，大場鶇作品，小畑健作畫，2008年至2012年，全二十卷。
《島耕作》系列，弘兼憲史作品，1983年至今。
《賭博之淵》，河本焰作品，尚村透作畫，2014年至今。
《叮噹》，藤子•F•不二雄作品，1969年至1996年，全四十五卷。
《K.O.小拳王》，高橋陽一作品，1992年至1993年，全六卷。
《ONE PIECE》，尾田榮一郎作品，1997年至今。
《火影忍者》，岸本齊史作品，1999年至2014年，全七十二卷。
《我的英雄學院》，堀越耕平作品，2014年至今。
《BLEACH》，久保帶人作品，2001年至2016年，全七十四卷。
《鋼之鍊金術師》，荒川弘作品，2001年至2010年，全二十七卷。
《名偵探柯南》，青山剛昌作品，1994年至今。
《金田一之少年事件簿》金成陽三郎、天樹征丸作品，佐藤文也作畫，1992年至今。
《七大罪》，鈴木央作品，2012年至2020年，全四十一卷。
《蠟筆小新》，臼井儀人作品，小畑健作畫，1990年至2010年，全五十卷。
《賭博默示錄》，福本伸行作品，1996年至1999年，全十三卷。
《相聚一刻》，高橋留美子作品，1980年至1987年，全十五卷。
《約定的夢幻島》，白井海芋 作品，2016年至2020年，全二十卷。
《股市風雲》，觀月壤作品，川島博幸作畫，2000年至2002年，全五卷。
《遊戲王》，高橋和希作品，1996年至2004年，全三十八卷。
《銀魂》，空知英秋作品，2004年至2018年，全七十七卷。
《詐欺遊戲》，甲斐谷忍作品，2005年至2015年，全十九卷。
《噬謊者》，迫稔雄作品，2006年至2017年，全四十九卷。
《鬥魚》，青山廣美作品，山根和俊作畫，，2007年至2010年，全二十卷。

LWOAVIE RAY TEAM

孤泣特別鳴謝 小說團隊

由出版第一本書開始，只得我一人。直至現在，已經擁有一個孤泣小說的小小團隊。謝謝一直幫忙的朋友。從來，世界上衡量的單位也會用金錢來掛勾，但在這個「孤泣小說團隊」中，讓我發現，別人為自己無條件的付出。而當中推動的力量就只有四個大字——

「我支持你」

很感動！在此，就讓我來介紹一直默默地在我背後支持的團隊成員。

APP PRODUCTION

JASON

傳說中的 Jason 是以戇直、純真、傻勁加上一點點的熱血配製而成。為了達成為一個 小小的夢想、忍痛放棄一份外人以為穩定的工作、毅然投身自由創作人的行列。希望可以創作屬於自己的 iOS App、繪本、魔術書、氣球玩藝書、攝影手冊、攝影集、IT工具書等。歡迎大家來www.Jasonworkshop.com參觀哦！

EDITING

曦雪 WINNIFRED

愛幻想、愛看書、愛笑愛叫的怪小孩，平時所有愛做的都不會做。喜歡寫作卻不會寫，說是因為懂寫不懂作。

現實中Winnifred的化妝師，見證多少有情人終成眷屬。喜歡美麗的事物，自成一角的審美態度：「美，可以是看不到、觸不到，卻能感受得到。」機緣巧合，成為孤泣的文字化妝師。

RONALD

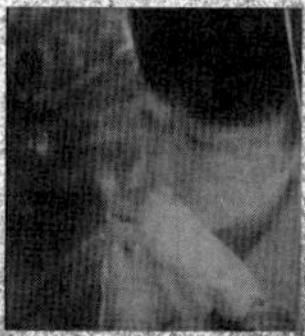

學藝未精小伙子，竟卻有幸擔任孤泣小說的校對工作。可說是人生一大幸運的事。

首喬

卞之琳這樣說：「你站在橋上看風景，看風景人在樓上看你。明月裝飾了你的窗子，你裝飾了別人的夢。」能夠裝飾別人的夢，是錦上添花。

小雨

顧城說：「黑夜給了我黑色的眼睛／我卻用它尋找光明」，願我們黑色的眼睛，不會忘記光明的樣子，不放棄。

I only have one person. Until now, I already have a small team of solitary novels. Thank you for your help. In the

MULTIMEDIA

GRAPHIC DESIGN

RICKY

平面設計師，兜了一圈，原地做夢！感激孤泣賞識同時多謝工作室團隊，這團火燒到了我。創作人路是難行但並不孤單。

阿鋒

平面設計師，孤泣愛好者。由讀者搖身一變成為團隊成員之一，期望以自己的能力助孤泣一臂之力。

阿祖

喜歡電影、漫畫、小說、創作，希望替孤泣塑造一個更立體的世界。

ILLUSTRATION

13

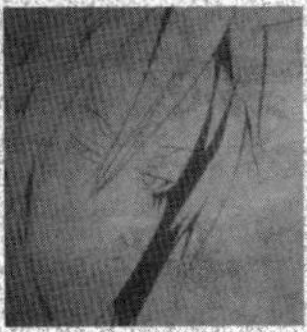

不善於用文字去表達心情，但喜歡以圖畫畫出一片天空，這片天空是無限大，同時存在了無限個可能。多謝孤泣給我機會發揮我自己，而孤泣的小說，是我的優質食糧。

LEGAL ADVISER

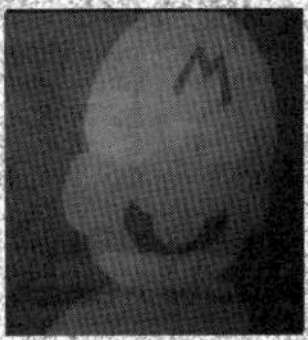

X律師

當孤泣問我如何殺人不坐監、未來人受不受法律約束時，我決定成為他的顧問，律師費請匯入我戶口，哈哈。

PROPAGANDA

孤迷會_OFFICIAL

www.facebook.com/lwoavieclub

IG: LWOAVIECLUB

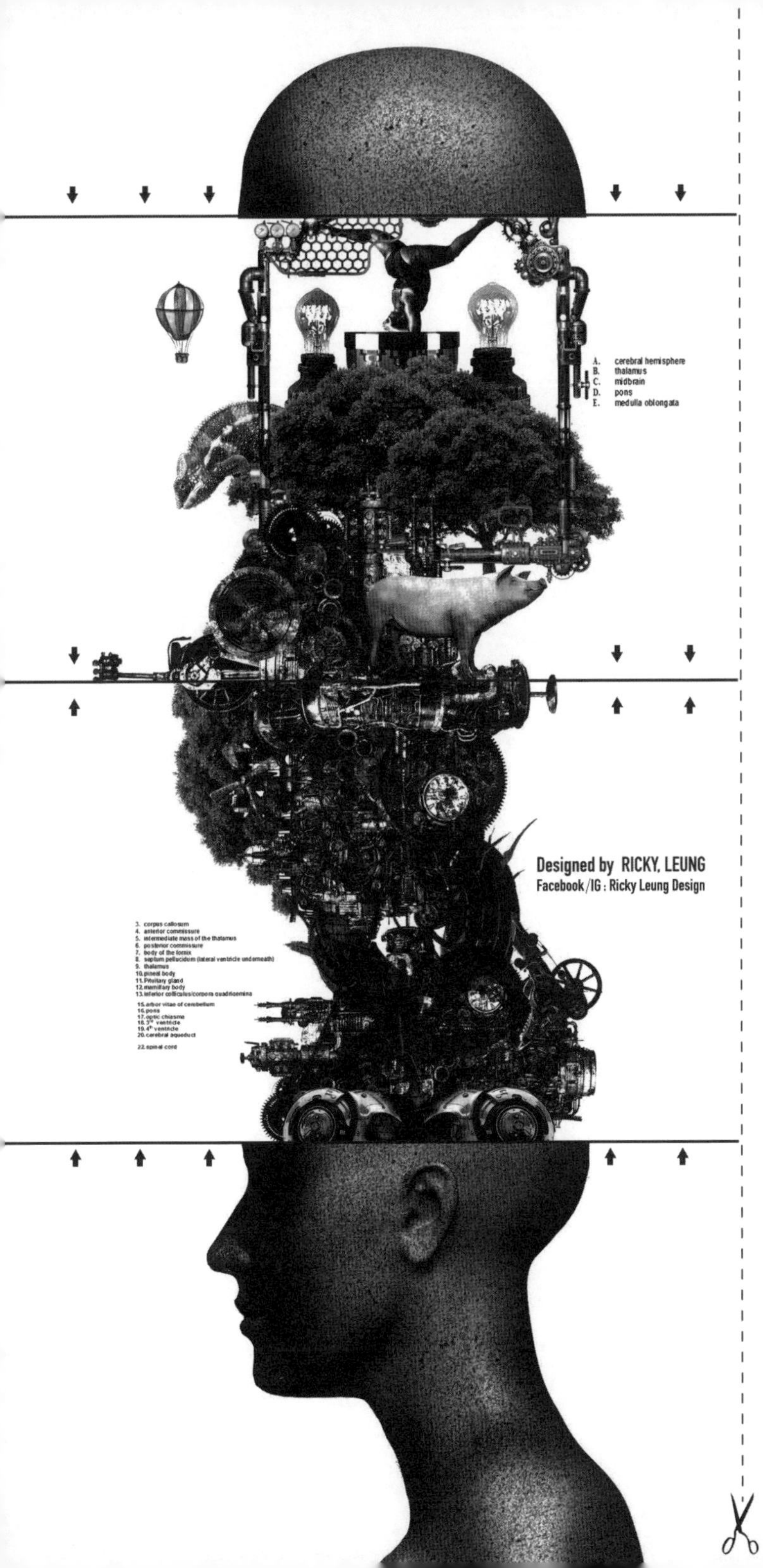
A. cerebral hemisphere
B. thalamus
C. midbrain
D. pons
E. medulla oblongata
Designed by RICKY, LEUNG
Facebook/IG : Ricky Leung Design
3. corpus callosum
4. anterior commissure
5. intermediate mass of the thalamus
6. posterior commissure
7. body of the fornix
8. septum pellucidum (lateral ventricle underneath)
9. thalamus
10. pineal body
11. Pituitary gland
12. mamillary body
13. inferior colliculus/corpora quadrigemina
15. arbor vitae of cerebellum
16. pons
17. optic chiasma
18. 3rd ventricle
19. 4th ventricle
20. cerebral aqueduct
22. spinal cord

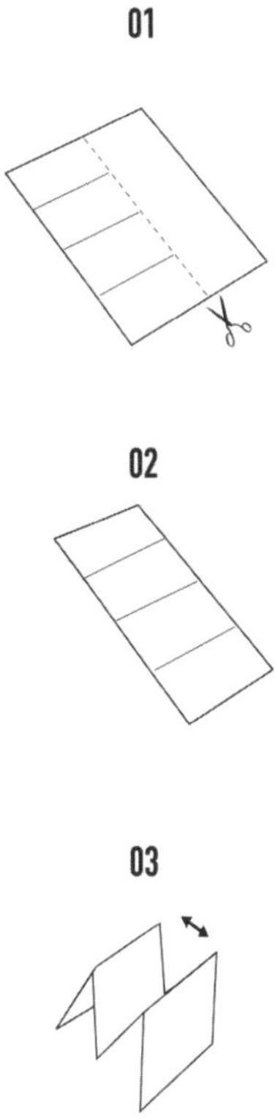
01
02
03

Scum Index

人渣

孤泣作品
LWOAVIE RAY

編輯 / 校對　小雨
設計　@rickyleungdesign

出版：孤泣工作室有限公司
荃灣德士古道 212 號，W212, 20/F, 5 室
發行：一代匯集
旺角塘尾道 64 號，龍駒企業大廈，10 樓，B&D 室
承印：美雅印刷製本有限公司
觀塘榮業街 6 號，海濱工業大廈，4 字樓，A 室

出版日期：2021 年 7 月　ISBN 978-988-79940-4-6
HKD $98

孤出版